W·I·L·L·O·W™

Die Geschichte zum George-Lucas-Film

Anhand des englischen Original-Drehbuches übersetzt und nacherzählt von Werner Waldhoff

Südwest Verlag München

Aus dem Englischen übersetzt und bearbeitet von Werner Waldhoff
Lektorat: Robert Fischer
Umschlag: Manfred Metzger, München
Satz: Typodata, München
Druck und Bindearbeiten: Mohn-Druck, Gütersloh
ISBN 3-517-01100-2

Inhalt

Wer die Augen fest schließt und sich ein wenig Mühe gibt, kann sich das sagenumwobene Land, da unsere Geschichte spielt, gut vorstellen. Es ist ein Reich der Vielfalt, des Zaubers und der Gegensätze, wo nichts unmöglich scheint und Träume Wirklichkeit sind.
Aber nicht immer sind Träume nur lieblich und schön, manchmal führen sie einen auch in finstere, abgründige Winkel der Seele; hinein in ein Reich des Grauens, des Bösen.

Eines Tages erhält Willow Ufgood vom Erhabenen Aldwin den Auftrag, Elora Danan, ein kleines Daikini-Mädchen mit einem merkwürdigen Zeichen am Arm, in Sicherheit zu bringen.
Bavmorda, die gewalttätige Herrscherin über das Königreich Nockmaar, läßt nichts unversucht, Elora in ihre Gewalt zu bringen, um in einem grauenvollen Ritual jene Prophezeiung auszulöschen, die besagt, daß allein dieses Mädchen irgendwann die Kraft besitzen wird, ihre Macht zu brechen und ihre Schreckensherrschaft zu beenden.
Zusammen mit Madmartigan, dem »größten Schwertkämpfer aller Zeiten«, zwei Kobolden und Fin Raziel, einer guten Zauberin, die von Bavmorda in ein pelziges Wesen verwandelt wurde, begibt Willow sich auf eine abenteuerliche Reise, und es ist keineswegs sicher, ob diese Reise jemals ein gutes Ende finden wird ...

Willow

Ein kleiner Nelwyn-Bauer, glücklich verheiratet mit Kiaya, Vater von zwei Kindern. Er wünscht sich nichts sehnlicher, als eines Tages ein großer Zauberer zu werden.
Weiß Willow wirklich, auf welche Gefahren er sich einläßt, als er sich bereit erklärt, das kleine Daikini-Mädchen Elora Danan nach Tir Asleen zu bringen, wo sie vor Bavmorda in Sicherheit wäre?

Elora Danan

Sie wird von ihrer Mutter in einem Verlies auf der Festung Nockmaar geboren. Als Bavmorda davon erfährt, daß das Baby ein seltsames Zeichen am Arm hat, ahnt sie sofort, daß damit eine alte Prophezeiung in Erfüllung zu gehen droht, nach der ein solches Kind eines Tages die Kraft besitzen würde, all ihre Macht zu brechen und ihre Schreckensherrschaft zu beenden.

Bavmorda

Grauenvolle Gebieterin über das finstere Königreich Nockmaar, die sich dem Bösen verschrieben hat, und nichts unversucht läßt, Elora Danan wieder in ihre Gewalt zu bringen.

Sorsha

Eine wunderschöne Tochter Bavmordas, mit langem, rotem Haar und makellosem Gesicht – aber auch eine gefährliche Kriegerin, die zusammen mit General Kael die Verfolgertruppen anführt.

General Kael

Der General mit der Totenkopfmaske. Einer der mächtigsten Krieger Bavmordas, der keine Mittel und Wege scheut, Elora Danan zurück auf die Festung Nockmaar zu bringen.

Madmartigan

Der »größte Schwertkämpfer aller Zeiten«. Ein Ausgestoßener, der nur noch für sich selbst zu kämpfen bereit ist, bis er sich schließlich doch auf Willows Seite stellt, um ihn und Elora Danan vor Bavmorda zu retten.

Fin Raziel

Eine gute Zauberin, die vor vielen Jahren von Bavmorda in ein kleines, pelziges Wesen verwandelt und auf eine ferne Insel verbannt wurde. Sie wäre als einzige Bavmorda ebenbürtig, wenn es Willow gelänge, ihr mit einem Zaubertrick ihre alte Gestalt zurückzugeben.

Die Braunlinge

Zwei koboldartige Wesen, die im Zauberwald leben und Willow auf seiner gefährlichen Reise begleiten, ohne ihm allerdings eine große Hilfe zu sein.

Auf der Flucht

Düster ragten die gewaltigen Mauern der Festung Nockmaar in den schiefergrauen Himmel. Schroffe Felsen schimmerten dunkel-violett. Kein Laut war zu hören, die Gegend ringsumher wirkte seltsam leer und verlassen – ganz so, als hätten sich alle Lebewesen vor den unheilvollen Schrecken, die von dieser Festung ausgingen, in irgendwelche Schlupfwinkel verkrochen und wagten es kaum, sich zu rühren. Alles war in ein merkwürdig fahles Licht getaucht, was der ganzen Szenerie etwas Unwirkliches, Magisches gab.

Tief im Inneren der Festung eilte Sorsha, Kriegerin und Tochter der allmächtigen, von allen gefürchteten Herrscherin Bavmorda, durch die unterirdischen Gänge hinunter zu den Verliesen.
Aus einem dieser Kerker hörte man das klägliche Wimmern eines Neugeborenen. Immer lauter wurde es, bis es plötzlich verstummte.
»Ist es ein Mädchen?« fragte Sorsha eine der drei Nockmaar-Wachen, als sie unten ankam. Sie war schlicht gekleidet, ihre rotgoldenen Haare umrahmten ein Gesicht von nahezu makelloser Schönheit.
Die Wache deutete auf Ethna, die Hebamme, die das Neugeborene an ihre Brust hielt.
»Ja«, sagte Ethna und sah Sorsha an, »es ist ein Mädchen.«
»Zeig mir den Arm!« forderte Sorsha sie auf.
In diesem Augenblick begann das Kind zu weinen.
»Es trägt das Zeichen«, sagte Ethna leise und hielt den Blick gesenkt.
»Die Prophezeiung!« murmelte Sorsha. »Ich muß es Bavmorda sagen.«
Sie drehte sich auf dem Absatz um, daß ihre langen Haare hochwirbelten, und eilte davon.

Die Hebamme ging zur Mutter des Neugeborenen, die von der Geburt noch völlig erschöpft war, und wikkelte das Baby behutsam in ein großes Tuch. Dabei wurde auf dem Arm des Mädchens ein Zeichen sichtbar, ähnlich einer zweizinkigen Gabel.
Ethna legte das Kind der Mutter an die Brust, worauf es augenblicklich zu weinen aufhörte.
Da packte die Mutter die Hand der Hebamme und zog sie zu sich heran.
»Ethna, hilf mir bitte! Sie wollen mein Kind töten.«
Die Hebamme warf einen ängstlichen Blick zu den Wachen, schüttelte kaum merklich den Kopf und sagte:
»Nein, es geht nicht. Bavmorda wird auch dich töten, wenn du sie aufzuhalten versuchst.«
»Bitte, rette mein Kind!« flehte die Mutter sie an.

Ethna zögerte. Man sah ihr an, welche Angst sie hatte und wie sehr sie um einen Entschluß ringen mußte. Sie warf einen Blick auf das Neugeborene, das jetzt friedlich mit geschlossenen Augen an der Mutterbrust lag; dann handelte sie sehr schnell: Hastig knüllte sie einige Lumpen zu einem Bündel zusammen, daß es den Anschein hatte, als liege darin ein kleines Kind geborgen. Sie reichte das Bündel der Mutter, die das Neugeborene ein letztes Mal an sich drückte, sacht über den Rücken streichelte und ihm einen Kuß auf die Stirn hauchte, ehe sie es mit zitternden Händen der Hebamme gab.
»Bring es in Sicherheit, Ethna, bitte! Ganz weit fort!«
Ethna versteckte das Kind in einem Korb und eilte an den Wachen vorbei, die nichts bemerkten. Auf der Treppe nach oben blieb sie plötzlich stehen: Eben kam Bavmorda die Stufen zum Verlies herunter, gefolgt von Sorsha und einem Priester.
Sie hatte ein hartes, böses Gesicht und war von hagerer Gestalt. Wütend preßte sie die schmalen Lippen aufeinander, als sie an Ethna vorbeihetzte, die sich ängstlich an die Wand drückte, einen Moment wartete, und dann leise weiter nach oben schlich.
»Du warst also die Auserwählte«, fauchte Bavmorda mit schneidender Stimme.
»Du kannst es nicht mehr ändern«, erwiderte die Mutter, »was dir prophezeit wurde, wird auch geschehen!«

Bavmorda sah sie verächtlich an.
»Dein Kind wird niemals Macht über mich gewinnen, hörst du: niemals!«
Sie wandte sich zu dem Druiden um, der mit ihr gekommen war und rief zornig:
»Beginnt mit dem Ritual! Schafft mir das Kind vom Hals!«
Sie griff nach dem Lumpenbündel, das die Mutter fest gegen ihren Leib preßte, und fetzte es mit ihren langen Fingern auseinander.
»Wo ist der Balg?« schrie sie mit sich überschlagender Stimme, als sie das leere Bündel in Händen hielt.
Alle sahen sich stumm an. Da deutete Sorsha plötzlich in Richtung Treppe, die nach oben führte, und rief:
»Die Hebamme!«
Bavmorda bebte am ganzen Leib. Ihre Schläfen liefen dunkelrot an, sie verzog das Gesicht zu einer fürchterlichen Grimasse, ballte die Hände zu Fäusten und sagte mit eiskalter Stimme, so, als könnte sie jeden Moment die Beherrschung verlieren:
»Bring sie zurück, Sorsha. Finde das Kind! Setz die Killerhunde ein! Aber bring sie mir lebend!«

Mit ungeheurer Verachtung in der Stimme sagte die Mutter:
»Du kannst es nicht mehr aufhalten, Bavmorda. Meine Tochter wird dich vernichten. Deine Schreckensherrschaft geht zu Ende!«

Bavmorda machte eine heftige Handbewegung, um die Mutter zum Schweigen zu bringen, dann wandte sie sich ab und lief mit wehenden Gewändern die Treppe nach oben. Im Hinausgehen hörte man sie mit unerbittlicher Stimme Befehle geben:
»Bringt mir das Kind! Bringt es mir lebend!«

*

Drei Monate später war Ethna noch immer auf der Flucht. Sie schauderte bei dem Gedanken, wie knapp sie aus der Festung Nockmaar entwichen war, wie sie sich auf dem schroffen Lavagestein sofort die Füße blutig gelaufen hatte, und wie die grauenvoll klingenden Kriegstrommeln ihre Verfolgung angekündigt hatten.
Sie war von furchtbaren Stürmen überrascht worden, hatte Schnee und Eis überwinden müssen und immer nur für kurze Zeit in verlassenen Dörfern Unterschlupf gefunden, sich von dem Wenigen ernährt, was sie in den Wäldern fand, war immer weiter gelaufen in ständiger Furcht vor ihren Verfolgern mit den Killerhunden.
Einige Male konnte sie Bavmordas Häschern nur in allerletzter Minute entkommen, und jedesmal schwebte sie dabei in Lebensgefahr.
Nun war Ethna erschöpft und hungrig, ihre Kleider waren zerfetzt, sie fühlte sich am Ende. Sie wußte, daß sie nicht mehr länger für das Kind sorgen konnte, daß sie all ihre Kräfte auf der Flucht verbraucht hatte. Es mußte augenblicklich etwas geschehen, wenn sie nicht doch noch von Bavmordas Soldaten eingeholt werden wollte.
Da entdeckte sie auf einmal in der Nähe des Waldes, aus dem sie gerade trat, einen kleinen Fluß. Sofort wußte sie, was zu tun war, sprang ans Ufer, stolperte durch das flache Wasser, zerrte an Ästen und Zweigen, verflocht sie miteinander zu einem immer größeren Stück, verstärkte dieses mit dem überall herumliegenden Treibholz, und so entstand nach und nach ein kleines Floß.
Behutsam legte sie das Baby in die Mitte des Floßes, gab diesem einen kleinen Stoß, und augenblicklich riß die Strömung es mit sich fort.
Ethna schwamm ans andere Ufer und kletterte mit letzter Kraft die Uferböschung hinauf. Da hörte sie ein lautes Knurren. Bedrohlich klang das, auch wenn noch nichts zu sehen war, aber Ethna wußte genau, was das zu bedeuten hatte. Außer sich vor Angst lief sie ein paar Schritte zu einem Baum, kletterte nach oben und hielt sich zwischen den Zweigen versteckt.

Auf einem Ast sitzend sah sie dem Floß nach, auf dem das Kind nun in eine ungewisse Zukunft befördert wurde. Dann sah sie auch schon die Killerhunde, die aus dem Wald heraus hetzten; riesige, furchterregende Tiere, die ungeheuer schnell ans Ufer sprangen, sich auf eine Jacke stürz-

ten, die Ethna dort zurückgelassen hatte, plötzlich die Witterung verloren, unschlüssig hin und her liefen, schnuppernd die Nasen in die Luft hielten und schließlich wieder zurück in den Wald preschten.
Ethna hatte den Atem angehalten. Jetzt, da die größte Gefahr vorüber war, begann sie am ganzen Leib zu zittern. Sie hielt sich am Baumstamm fest, schloß die Augen und murmelte leise vor sich hin: »Hoffentlich geschieht dem Kind nichts. Hoffentlich findet es jemand, der es aus dem Fluß rettet und zu sich nimmt. Mehr konnte ich für das Baby nicht mehr tun!«

Langsam senkte sich die Nacht über den Wald und den Fluß, in dessen Mitte ein kleines Floß ruhig flußabwärts trieb, immer weiter und weiter, während jenes Baby, das die Verfolger so verzweifelt suchten, und das eines Tages die Macht haben sollte, Bavmordas Schreckensherrschaft zu beenden, friedlich schlief.

Das Dorf der Nelwyns

Das Dorf lag friedlich im Sonnenschein. Ranon und Mims spielten unten am Fluß. Ranon, gerade sechzig Zentimeter groß, schob sich vor seiner Schwester durch das Schilf. Plötzlich packte er sie am Arm.
»Schau mal, Mims.« Vor lauter Aufregung bekam er große, glänzende Augen.
Dicht vor den beiden Kindern hatte sich ein kleines Floß im Schilf verfangen. Und auf diesem Floß lag ein Baby mit rötlichen Löckchen. Das winzige Floß sah reichlich mitgenommen aus, so als hätte es eine weite Reise hinter sich.
Ranon drehte sich um und rannte vom Ufer weg, auf seinen Vater Willow Ufgood zu, der in einiger Entfernung sein Feld pflügte. Über seiner Schulter hing ein schwerer Sack, aus dem er Saatgut streute.
»Dada!! ... Dada!« schrie Ranon schon von weitem. »Dada, wir haben was am Fluß gefunden.«
Willow lächelte erfreut, als sein Sohn ihn am Ärmel packte und vom Pflug wegzuzerren versuchte.
»Ich kann jetzt nicht mit dir spielen, Ranon. Dein Dada muß arbeiten.«
Fast gleichzeitig sprudelten Ranon und Mims hervor: »Aber Dada, das mußt du dir ansehen. Wir haben wirklich etwas gefunden. Beeil dich.«
Ranon quietschte aufgeregt, als sein Vater den Sack mit der Saat fallen ließ, und rannte hinter ihm her.
Vorsichtig schob Willow das Schilf auseinander. Er war auf alles mögli-

che gefaßt gewesen, aber nicht auf diesen Anblick. Mims drängte sich an ihm vorbei und versuchte das kleine Floß ans Ufer zu zerren.
»Mims! Zurück!« sagte Willow und griff nach seiner kleinen Tochter. »Faß es nicht an. Wir wissen nicht, wo es war und woher es kommt. Vielleicht hat es eine ansteckende Krankheit.«
»Aber Dada, es ist doch bloß ein Baby«, sagte Mims vorwurfsvoll.
»Es ist nicht so wie wir«, meinte Ranon und musterte das Wesen auf dem Floß mit kritischen Blicken.
»Nein, es ist kein Nelwyn, dafür ist es viel zu groß. Es sieht wie ein Daikini-Baby aus.«
»Was ist ein Daikini?« wollte Ranon wissen.
»Die Daikinis sind ungeheuer große Leute«, erklärte Willow. »Riesen, die sehr weit weg leben.«
Das Baby drehte den Kopf und lächelte etwas. Mims war sofort hingerissen.
»Oohh, Dada ... sie ist so niedlich.«
»Mims! Sei vorsichtig.« Er zog seine Tochter zurück. »Vielleicht beißt es.« In diesem Augenblick begann das Baby zu weinen.
Ranon zerrte an seiner braunen Kappe. »Es ist wirklich niedlich. Können wir es nicht behalten, Dada?«
»Auf gar keinen Fall«, sagte Willow. Als junger Familienvater – gerade zwanzig Jahre alt – trug er schließlich Verantwortung und durfte sich und die Seinen nicht in Schwierigkeiten bringen. »Wir stoßen das Floß wieder in die Strömung und vergessen, daß wir es je gesehen haben.«
Da hörten sie aus der Ferne die Stimme von Burglekutt, dem Bürgermeister des Dorfes. »Ufgood! Willow Ufgood!«
»Psst! Pssst!« zischte Willow erschrocken. »Der hat mir jetzt gerade noch gefehlt. Verhaltet euch still. Und faßt mir bloß nicht das Baby an.«
Mit einer beschwörenden Geste wandte er sich ab und rannte davon.

Kiaya, Willows hübsche junge Frau, eilte mit wehenden blonden Haaren hinter Burglekutt her, der mit schnellen kurzen Schritten über das Feld marschierte. Schnell griff Willow wieder nach seinem Pflug, als hätte er den ganzen Tag über nichts anderes getan. Burglekutt blieb dicht vor ihm stehen, schnappte sich mit zorngerötetem Gesicht eine Handvoll Samen aus Willows Sack und hielt sie ihm drohend vor die Nase. Kiaya, die ihn inzwischen eingeholt hatte, stellte sich ihm in den Weg.
»Burglekutt! Mein Mann hat nichts gestohlen.«
Burglekutt beachtete sie nicht. Er war einen Kopf größer und wesentlich schwerer als Willow.
»Ufgood!«, sagte er und trat einen Schritt vor, »Du hast deine Schulden bei mir noch nicht bezahlt. Und woher hast du diesen Samen?«
Willow sah ihn verächtlich an: »Viel-

leicht habe ich meine Zauberkraft eingesetzt.«
Burglekutt lachte höhnisch: »Du bist kein Zauberer, Ufgood. Du bist höchstens ein Clown. Ich verkaufe hier in der Gegend das gesamte Saatgut. Und jetzt sag mir, woher du den Samen hast.«
Willow legte einen Arm um seine Frau, die ihn liebevoll ansah.
»Meine Familie hat seit letztem Herbst diese Saat in den Wäldern gesammelt. Dagegen gibt es kein Gesetz, Burglekutt. Und wenn – «
Entferntes fröhliches Kinderlachen ließ ihn mitten im Satz abbrechen.
»Wo stecken Mims und Ranon?« fragte Kiaya aufgeregt. »Willow, du hast sie doch hoffentlich nicht allein am Fluß gelassen?«
Schlimmes befürchtend rannte sie los, ehe Willow sie aufhalten konnte.
Burglekutt machte mit seinem Spazierstock eine weit ausholende Bewegung, während Willow nervös zum Ufer sah.
»Zauberei!« sagte Burglekutt hämisch. »Du wirst all deine magischen Kräfte benötigen, wenn du mit der Aussaat fertig werden willst, bevor der große Regen anfängt.«
Er schleuderte die Samenkörner gegen Willows Stiefel, griff nach seinem Kragen und zog ihn dicht zu sich heran.
»Ich will dieses Land haben, Ufgood«, zischte er. »Und ich werde es kriegen!«
Er ließ ihn los, wandte sich ab und wollte davoneilen, doch Willow schob den Pflug ein Stück vor, so daß Burglekutt darüber stolperte und bäuchlings im Schlamm landete.
Dann rannte Willow schnell zum Fluß hinunter.

*

Kiaya wiegte das Baby in ihren Armen und machte glucksende Laute dazu. Willow zeigte ein ernstes Gesicht.
»Oh, Willow ...«, sagte Kiaya liebevoll und warf ihm einen flehenden Blick zu.
»Nein, Kiaya, nein, nein und nochmals nein«, sagte Willow. »Du darfst dich einfach nicht in dieses Baby verlieben.«
Kiaya stieg das Ufer hoch und ging direkt an Willow vorbei. Die Kinder folgten ihr.
»He«, rief Willow empört. »Was soll denn das?«
Aber Kiaya und die Kinder beachteten ihn gar nicht. Sie gingen einfach weiter, und bald trottete Willow mürrisch hinter ihnen her.

Rechts: Düster ragen die gewaltigen Mauern der Festung Nockmaar in den schiefergrauen Himmel ...

Als Bavmorda (links) von Eloras Geburt (oben) erfährt, eilt sie sofort zur Mutter des Kindes ins Verlies hinab (unten).

Willows Kinder finden die aus dem Verlies befreite Elora am Flußufer (links und rechts unten). Oben: Burglekutt macht Ärger.

Einer der Killerhunde (oben), die Eloras Spur verfolgen, überfällt die ahnungslosen Nelwyns während eines fröhlichen Dorffestes (unten).

Abschied von Kiaya, Willows Frau (oben). Auf der Dorfversammlung (unten) erhält Willow vom Erhabenen Aldwin einen gefährlichen Auftrag.

Willow und das Baby

Überall in Willows Haus hingen, standen oder lagen die unterschiedlichsten Zauberutensilien.
Nervös stapfte Willow im Zimmer auf und ab, während Kiaya einen kleinen Holzzuber mit Wasser füllte.
»Das ist schrecklich, Kiaya«, sagte Willow aufgebracht. »Ganz schrecklich ist das. Wenn man uns erwischt ... ich mag es mir gar nicht vorstellen. Wir wären erledigt. Was sollen wir nur tun?«
»Wir sollten es zuerst einmal baden«, sagte Kiaya, »übrigens: es ist ein Mädchen. Und hör endlich auf, dich wie ein verschrecktes Zicklein zu benehmen.« Sie drückte das Baby an sich und sah es liebevoll an. Als sie es vorsichtig in das Wasser legte, strampelte es vergnügt mit den Beinen.
»Ist sie nicht niedlich?« rief Mims begeistert. »Schaut nur, diese süßen Zehen.«
»Frauen«, murmelte Willow verzweifelt. Man sah ihm an, daß er ratlos war.
Kiaya badete das Baby behutsam. Dabei bemerkte sie das seltsame Zeichen. Sie stutzte.
»Was meinst du, sollten wir sie vor die Dorfversammlung bringen?«

Links: Zweifelnd blickt der Erhabene Aldwin Willow und seinen Begleitern nach. Werden sie Elora in Sicherheit bringen können?

Willow fuhr auf, als hätte ihn etwas gestochen. »Nein, auf keinen Fall! Sie würden es für ein schlechtes Omen halten. Wenn eine Überschwemmung oder eine Dürre kommt, dann geben sie mir die Schuld.« Er rannte hin und her, warf beide Arme in die Luft. »Ich höre sie schon: ›Ufgood hat doch dieses Daikini-Baby angeschleppt, nicht wahr?‹ ›Richtig, und ein lausiger Bauer ist er auch noch.‹ ›Na los, worauf wartet ihr, den knöpfen wir uns vor.‹ Ich seh alles schon ganz deutlich vor mir.«
»Willow, beruhige dich doch«, sagte Kiaya besänftigend.
»Beruhigen? Ich soll mich beruhigen? Kiaya! Morgen ist mein großer Tag. Der Erhabene Aldwin wird mich als Lehrling annehmen.«
»Aber Liebes, der Erhabene Aldwin hat seit Jahren keinen neuen Lehrling mehr angenommen.«
»Das wird sich morgen ändern. Er wird mich erwählen. Und ich laß mir nicht von diesem kleinen Baby alles ruinieren.«
Als hätte es die letzten Worte gehört, fing das Baby an zu weinen. Kiaya wickelte es in ein Laken und hielt es ihm hin.
»Ich nehm' es nicht, Kiaya«, sagte Willow. »Nicht mal für einen kurzen Moment.« Er wich zurück.
»Komm, halte sie, während ich ein bißchen Milch hole«, drängte Kiaya.

Das Baby schluchzte herzerweichend. Schließlich hielt Willow es nicht länger aus. Mit einem gequälten Gesichtsausdruck nahm er es auf den Arm. Augenblicklich beruhigte sich das Kind.
»Sie mag dich, Dada«, sagte Ranon.
»Ach was!« murmelte Willow unwirsch.
Mit skeptischem Blick betrachtete er das Baby, das jetzt friedlich in seinen Armen lag und sich an ihn schmiegte. Es hielt die Augen geschlossen und Willow spürte den gleichmäßigen Atem.
Plötzlich öffnete es die Augen und sah ihn freundlich an.
Da vergaß Willow all seinen Ärger, lächelte kurz und drückte das Baby behutsam an seine Brust.

Ein rauschendes Fest

Das ganze Dorf war geschmückt, wie es sich für solch ein festliches Ereignis gehörte. Überall konnte man Blumen und Girlanden sehen. Eine Kapelle spielte unermüdlich und lautstark, während die Nelwyns tanzten und ausgelassen feierten. Die Menge brüllte begeistert, als die Bergarbeiter im Tauziehen gegen die Bauern antraten und sie schließlich mit einem letzten kräftigen Ruck kopfüber in den Schlamm warfen. Burglekutt und die fünf Ratsmitglieder des Dorfes saßen auf einer erhöhten Plattform und betrachteten erheitert die Szenerie.
Auf einer anderen Bühne führte Willow einen seiner Zaubertricks vor. Aus dem Nichts heraus ließ er urplötzlich Federn auftauchen. Das Publikum klatschte. Besonders heftig feuerte Meegosh, bekleidet mit dem Schurz eines Bergarbeiters, seinen Freund an.
»Und jetzt, verehrtes Publikum«, rief Willow theatralisch, »werde ich als Höhepunkt meiner Darbietungen ein ganzes Schwein verschwinden lassen.«
Meegosh applaudierte, als Mims und Ranon ein kleines Ferkel anschleppten. Willow griff nach dem Schweinchen, das sofort mit seiner kleinen Schnauze nach ihm schnappte und ihn in die Hand biß. Die Menge lachte. Meegosh schlug die Hände vors Gesicht. Willow schwenkte seinen Umhang und murmelte eine seltsam klingende Zauberformel.
Auf einmal war das Schweinchen verschwunden. Die Zuschauer staunten. Gerade als sie ihrer Bewunderung Ausdruck geben wollten, quietschte das Ferkel auf, kämpfte sich aus einer verborgenen Falte des Umhangs,

wand sich durch Willows Beine und sprang von der Bühne.
Die Menge brach in laute Buhrufe aus. Burglekutt und die Ratsmitglieder schüttelten die Köpfe, als Willow in großer Verlegenheit seine Sachen zusammenzupacken begann. Meegosh ging auf seinen Freund zu.
»Das war ausgezeichnet, Willow. Viel besser als letztes Jahr. Du brauchst ein besseres Schwein, das ist alles.«
Willow schaute betrübt drein. »Ich steck' bis zum Hals in Schwierigkeiten, mein Freund, das kannst du mir glauben.«
Sie kamen an der Plattform des Dorfrates vorbei. Burglekutt grinste höhnisch auf Willow herab. Meegosh, der das bemerkt hatte, meinte beruhigend, »Mach dir wegen Burglekutt keine Sorgen. So bald dich der Erhabene Aldwin zum Lehrling erwählt hat, wird Burglekutt auf den Knien vor dir liegen.«
Aufmunternd legte er einen Arm um die Schultern seines Freundes und zog ihn mit sich fort, hinein in die fröhliche Menge.

*

Der Erhabene Aldwin saß auf einer erhöhten Plattform. Ein leichter Wind fuhr durch seinen langen, schlohweißen Bart. Seine Augen blickten in unsichtbare Fernen. Dann ertönte der Klang von Hörnern und Trommeln. Ein Ratsmitglied trat vor.
»Achtung, aufgepaßt! Der Erhabene Aldwin wird nun die Wahl seines neuen Lehrlings treffen! Die Hoffenden mögen vortreten.«
Ein aufgeregtes Murmeln ging durch die Menge. Zusammen mit zwei anderen Kandidaten näherte sich Willow dem Erhabenen Aldwin. Er betrachtete ehrfurchtsvoll sein würdevolles Gesicht, in das ein langes Leben unzählige Falten eingegraben hatte.
Burglekutt brach in prustendes Gelächter aus. »Willow Ufgood? Ein Hoffender? Wie könnte er je auserwählt werden? Soll das ein Witz sein?« Er ermunterte seine Ratsmitglieder, in das Gelächter einzustimmen. Der Erhabene Aldwin brachte sie mit einem einzigen Blick zum Schweigen und wandte sich dann den drei Hoffenden zu.
»Magie ist der Blutstrom des Universums«, sagte er mit seiner volltönenden Stimme. »Vergeßt alles, was ihr wißt oder zu wissen glaubt. Das einzige, was ihr benötigt, ist eure Intuition, eure Eingebung. In welchem Finger befindet sich die Macht, die Welt zu beherrschen?«
Mit diesen Worten streckte der Erhabene Aldwin vier Finger aus. Die ersten beiden Kandidaten wählten jeder einen Finger, und jedesmal schüttelte der Erhabene Aldwin den Kopf. Willow zögerte. Der Erhabene Aldwin ermutigte ihn mit einem Blick. Willow entschied sich für einen der beiden noch verbliebenen Finger.

Enttäuscht richtete sich der Erhabene Aldwin kerzengerade auf.
»Kein Lehrling in diesem Jahr!«
Burglekutt lachte auf. Sofort liefen alle durcheinander. Willow näherte sich niedergeschlagen dem Erhabenen Aldwin.
»Sir, ich muß mit Ihnen sprechen«, sagte er mit einer leisen, eindringlichen Stimme. »Es handelt sich um eine Sache von größter Wichtigkeit.«
Schnell mischte sich Burglekutt ein.
»Du hast deine Chance gehabt, Ufgood. Fort mit dir! Ich habe eine Versammlung ...«
Ein furchtbarer Schrei ließ den Festbesuchern das Blut in den Adern erstarren. Die Musik brach abrupt ab, die Nelwyns packten ihre Kinder und rannten um ihr Leben.
Ein Killerhund hetzte durch das Dorf, stürzte in die Hütten und zerrte Krippen und Kinderbetten heraus. Wo er auftauchte, hinterließ er Chaos und Zerstörung.
»Mims! Mims!« schrie Willow verzweifelt. Zusammen mit Ranon machte er sich auf die Suche nach Mims. Endlich entdeckte er sie – ganz in der Nähe des Killerhundes. Voller Panik stürzte er auf sie zu und riß sie mit sich.
Der Hund setzte gerade zu einem mächtigen Sprung an, als ihn ein lauter Kriegsschrei herumwirbeln ließ. Vohnkar, der Krieger, hatte sich an die Spitze einer Armee aus Bergarbeitern und Bauern gesetzt, die Schaufeln und Hacken schwangen. Willow und Meegosh bewaffneten sich hastig mit Stöcken. Der Kampf der Nelwyns gegen den Killerhund, dessen weitaufgerissene Fänge wie spitze Dolche blitzten, begann. Endlich gelang es Vohnkar zusammen mit zwei seiner kräftigsten Männer, der Bestie ihre Speere durch die Brust zu jagen.
Der Todeskampf des Killerhundes war schrecklich anzusehen.

Ein Dorfbewohner hob eine zerbrochene Kinderkrippe auf. »Er hat nach einem Baby gesucht«, sagte er leise.
Alle betrachteten entsetzt das Bild der Zerstörung, das sich ihren Blikken bot. Die Girlanden, mit denen sie das Dorf geschmückt hatten, lagen zerfetzt auf dem Boden. Ein bedrückendes Schweigen senkte sich über den Schauplatz.
»Mommy?« flüsterte Mims in das Schweigen hinein.
Erst jetzt dachte Willow an Kiaya. Von schrecklichen Befürchtungen geplagt, rannte er auf seine Farm zu, gefolgt von seinen Kindern. Er riß die Tür auf und stürzte ins Haus hinein.
Kiaya fütterte ruhig und friedlich das Baby und bedeutete ihm durch eine Geste gefälligst still zu sein. Erleichtert nahm Willow seine Frau in die Arme und drückte sie an sich.
»Wir können sie nicht behalten, Kiaya. Wir müssen sie vor den Rat bringen.« Sanft berührte er Eloras Näschen und erntete zur Belohnung ein strahlendes Lächeln.

Willow muß sich entscheiden

Das Gemeindehaus war überfüllt. Die Leute standen dichtgedrängt bis zur offenen Tür im Hintergrund oder saßen eng aneinandergedrückt auf den umlaufenden Balkonen. Die Ratsmitglieder saßen vorn auf einer Plattform. Über allen thronte der Erhabene Aldwin. Burglekutt stampfte mit seinem Stock auf den Boden.

»*Eine* Bestie können wir töten«, sagte er. »Aber vielleicht kommen noch mehr. Und sie werden nicht aufgeben, bis sie das gefunden haben, was sie suchen.«

Willow kam durch die Tür im Hintergrund. Mit dem Baby im Arm versuchte er sich durch die unruhige Menge zu drängen.

»Der Überfall des Killerhundes war ein schlechtes Zeichen: ein Omen!« rief ein Dorfbewohner.

Ein anderer stimmte zu. »Es wird eine Dürre geben. Oder eine andere Plage. Unser Dorf wird zerstört werden.«

Aufgeregte Stimmen wurden laut.

»Wer ist schuld daran?«

»Suchen wir den Schuldigen.«

»Werfen wir ihn in die Grube.«

Bei dem Geschrei drehte sich Willow hastig um und versuchte unauffällig zu verschwinden. Der Erhabene Aldwin blickte über die Menge hinweg, als spüre er etwas.

»Willow Ufgood!« Seine Hand deutete genau auf Willow, der erschrokken stehenblieb. »Trete vor.«

Die Menge teilte sich und machte ihm Platz. Unter den Blicken der Dorfbewohner mußte Willow den ganzen Raum durchqueren. Es war das reinste Spießrutenlaufen. Kiaya und die Kinder folgten ihm ein Stück und blieben dann neben Meegosh stehen.

»Es ist noch nicht lange her, da versuchtest du mir heute etwas mitzuteilen, Willow«, sagte der Erhabene Aldwin.

Mit gesenktem Kopf stand Willow da. »Meine Kinder fanden dieses Baby am Fluß, Erhabener Aldwin.«

Ein Raunen ging durch die Menge. Der Erhabene Aldwin machte eine unwirsche Geste. Dann legte er eine Hand auf das Baby.

»Ein Daikini-Kind ...« Seine Augen schlossen sich. »Ich fühle etwas ... etwas Fremdes ... Merkwürdiges ...«

»Das ist es, was die Bestien suchen«, rief Burglekutt. »Geben wir es ihnen doch!«

Willow machte eine schützende Geste. »Aber sie werden es töten. Das dürfen wir nicht zulassen!«

»Es gehört nicht zu uns«, rief Burglekutt. Der Erhabene Aldwin schien es gar nicht wahrzunehmen. Wie in Trance fuhren seine tastenden Hände durch die Luft. Seine Lippen bewegten sich, murmelten Worte:

»Ja ... dieses Mädchen ... ist etwas Besonderes ...«
Er öffnete die Augen. Sofort wurde es still.
»Dieses Kind muß über die Grenzen unseres Dorfes gebracht werden«, sagte er mit gebieterischer Stimme. »Den ganzen Weg über den großen Fluß bis zur Daikini-Kreuzung.«
»Wer soll das tun?« fragte schließlich ein Dorfbewohner leise. Der Erhabene Aldwin setzte zu einer Antwort an, doch Burglekutt kam ihm zuvor.
»Warum soll nicht derjenige, der das Baby aus dem Fluß geholt hat, es auch zur Kreuzung bringen?«, fragte er scheinheilig. »Ich schlage Willow Ufgood vor.« Er deutete auf Willow, der vor Schreck erbleichte. Die versammelten Nelwyns nickten zustimmend.
»Nein, wartet, ich kann nicht gehen«, rief Willow und machte eine abwehrende Handbewegung. »Ich bin mit meiner Aussaat noch nicht fertig.«
Der Erhabene Aldwin beruhigte die erregte Menge und trat vor. In seinen zu einer Muschel geformten Händen rasselte etwas.
»Ich werde aus den Knochen lesen.« Klappernd fielen die Knochen zu Boden. Der Erhabene Aldwin studierte sie eine Weile. Dann wandte er sich an Willow. »Die Knochen teilen mir noch nichts mit«, sagte er sanft. Der Blick seiner alten, gütigen Augen ruhte fest auf Willow. »Doch ich muß eine Entscheidung treffen. Empfindest du in irgendeiner Form Liebe oder Zuneigung für dieses Kind?«
Willow zögerte. Er schaute das Baby an, das ihm in diesem Moment zuzuzwinkern schien. »Ja ... ja, das tue ich.«
Der Erhabene Aldwin richtete sich hoch auf und verkündete allen: »Die Knochen haben gesprochen! Willow! Die Sicherheit dieses Dorfes ruht auf deinen Schultern.«
»Gesegnet seien die Knochen«, rief Burglekutt zufrieden. Alles schien seinen Wünschen entsprechend zu laufen. Die Nelwyns brachen in lauten Jubel aus.
»Doch du wirst Hilfe brauchen«, sagte der Erhabene Aldwin bedächtig. »Außerhalb der Grenzen lauern schreckliche Gefahren auf dich! Dieses Baby wird von finsteren Mächten verfolgt, die keine Gnade kennen. So frage ich euch: Wer hat den Mut, unseren tapferen Willow auf seiner gefährlichen Reise zu beschützen?«
Ohne jedes Zögern drängte sich Vohnkar mit zwei kräftigen Kriegern vor. »Ich werde gehen.«
»Vohnkar, Vohnkar«, riefen einige begeistert.
»Doch nicht Vohnkar«, sagte Burglekutt eilig, »der beste Krieger im Dorf. Was ist, wenn die Bestien wiederkommen? Wir brauchen ihn hier!«
Sofort wechselte die Stimmung und aus der Menge tönte es: »Vohnkar muß bleiben! Vohnkar muß bleiben!«
Mit zufriedener Miene wandte sich Burglekutt den Kriegern zu. »Vohnkar, tritt zurück.«

Vohnkar und seine Männer taten, wozu sie aufgefordert wurden.
»Was denkt ihr euch überhaupt«, rief Kiaya aufgebracht, »er kann doch nicht alleine gehen.«
Alle schwiegen bedrückt. Jeder sah den anderen auffordernd an, aber niemand meldete sich. Es war viel zu gefährlich. Nach einigen endlos erscheinenden Minuten trat Meegosh vor. »Ich geh' mit ihm.«
Burglekutt war der erste, der ihm Beifall zollte. »Gut. Eine ausgezeichnete Wahl. Gesegnet seien die Knochen.«
Der Erhabene Aldwin warf Burglekutt einen leicht gereizten Blick zu. Ein spöttisches Lächeln spielte um seine Lippen.
»Natürlich benötigt jede Expedition einen Führer«, sagte er dann. »Die Knochen haben gesprochen, daß du, Burglekutt, dieser Anführer bist. Gesegnet seien die Knochen.«
Schlagartig verschwand das Grinsen von Burglekutts fettem Gesicht. Er bückte sich und starrte auf die Gebeine, als könnten sie ihm etwas anderes sagen. Dann blickte er den Erhabenen Aldwin an, der bedächtig mit dem Kopf nickte.
Da richtete sich Burglekutt wieder auf und brüllte: »Vohnkar! Tritt mit deinen Männern vor!«

Ein schwerer Abschied

Es herrschte Aufbruchsstimmung. Willow, Meegosh, Burglekutt, Vohnkar und zwei seiner Männer packten Vorräte zusammen und verabschiedeten sich von ihren Familien. Kiaya, ein Kopftuch über ihrem blonden Haar, hielt das Baby auf dem Arm und drückte es fest an sich. Willow stand in der Nähe einiger Druidensteine und sah zum Wald hinüber.
»Hast du Angst, Dada?« fragte Mims.
»Nein, natürlich nicht.«
»Nicht mal vor den Feen im Wald, die dich hundert Jahre schlafen lassen?«
»Stört mich nicht im geringsten«, antwortete Willow kühl.
»Braunlinge?« wollte Ranon wissen.
»Drachen?« fragte Mims.
»Trolle?« rief Ranon mit heller Stimme.
»Ranon«, sagte Willow streng, »Du weißt, wie ich Trolle hasse ...«
»Ich könnte als dein Leibwächter mitgehen«, meinte Ranon. »Ich könnte deinen Speer tragen.«
»Ich auch, ich auch«, schrie Mims dazwischen.
Willow lächelte und schloß seine beiden Kinder in die Arme.
»Ich bin wirklich ein glücklicher Va-

ter. Ich wollte, ich könnte euch beide mitnehmen. Ihr würdet mir bestimmt eine große Hilfe sein.«

Er beugte sich herab und flüsterte verschwörerisch. »Aber ihr müßt auf eure Mutter aufpassen. Achtet darauf, daß sie sich nicht zu sehr ängstigt. Ich verlasse mich auf euch.«

Die drei sahen sich in geheimem Einverständnis an. Kiaya trat auf sie zu und legte das Baby in Willows Wikkeltuch.

»Wir waren noch nie getrennt.« Kiaya sah Willow liebevoll an und gab ihm einen kleinen Kuß. »Ich fange jetzt schon an dich zu vermissen.«

»Sorge dich nicht, Kiaya«, sagte Willow. »Ich bin schneller zurück, als du dir vorstellen kannst.«

Kiaya drückte ihn an sich, küßte das Baby und ermahnte ihn: »Vergiß nicht, es stets vor der Kälte zu schützen.« Mit einer verlegenen Geste drückte sie ihm etwas in die Hand. »Hier. Das wird dir Glück bringen.«

Willow betrachtete es gerührt. Es waren einige zu einem Zopf gebundene Haare. »Du hast dein Haar abgeschnitten? Für mich?« Dankbar küßte er seine Frau. In diesem Augenblick trat der Erhabene Aldwin zwischen den Druidensteinen hervor.

»Meine Lieben, meine Tapferen! Die Außenwelt ist kein Aufenthaltsort für einen Nelwyn. Gebt dieses Baby dem ersten Daikini, dem ihr begegnet, und kehrt dann sofort wieder zurück!«

Sie machten sich bereit zum Aufbruch. Der Erhabene Aldwin hielt einen Stein hoch und begann in einer merkwürdigen Sprache zu singen.

Dann schleuderte er den Stein in die Luft, der sich sogleich in einen Vogel verwandelte.

»Folgt der Richtung, in die der Vogel fliegt.«

Alle schauten dem Vogel nach, der einen eleganten Bogen flog und dann ins Dorf zurückkehrte.

»Er fliegt zurück«, rief Burglekutt und hoffte, daß ihre Mission damit bereits beendet sein würde. Der Erhabene Aldwin kratzte sich nachdenklich am Kopf. »Beachtet den Vogel nicht«, sagte er. »Folgt dem Fluß.«

»Also gut, Männer«, meinte Burglekutt wenig unternehmungslustig.

»Abmarsch«, kommandierte Vohnkar.

Als sich der kleine Trupp in Bewegung setzte, zog der Erhabene Aldwin Willow beiseite.

»Psst, Willow. Hör zu. Was ist dein Problem?«

»Ich verstehe nicht«, antwortete Willow erstaunt.

Man merkte dem Erhabenen Aldwin an, daß er verärgert war. »Als ich meine Finger hochhielt, was dachtest du dabei?«, fragte er.

Willow zögerte mit der Antwort.

Der Erhabene Aldwin versetzte ihm einen leichten Schlag auf die Schulter. »Raus mit der Sprache.«

»Ich wollte meinen eigenen Finger wählen«, sagte Willow schließlich.

Der Erhabene Aldwin strich über seinen weißen Bart. »Dir fehlt es an Selbstvertrauen, Willow«. Er zog einen winzigen Taschenflakon mit Met hervor: »Auch einen Schluck?«
»Nein, danke.«
Der Erhabene Aldwin gönnte sich einen kräftigen Schluck. »Mehr als jeder andere hier hast du das Zeug zu einem großen Zauberer. Wenn du jetzt die Grenzen des Nelwyn-Reiches verläßt, achte auf dein Herz. Du mußt lernen, deiner Eingebung zu vertrauen. Hier, nimm das. Es wird dich beschützen.«
Damit ließ er drei kleine Gegenstände in Willows Handfläche fallen.
»Eicheln?« fragte Willow enttäuscht.
»Magische Eicheln. Alles, was du damit triffst, verwandelt sich in Stein.«
Aus einiger Entfernung drang die Stimme von Burglekutt zu ihnen herüber »Ufgood! Beeil dich, du Faulpelz.«
»Ich würde nur zu gern eine dieser Eicheln auf Burglekutt werfen«, sagte Willow sehnsüchtig.
»Ich weiß, wie dir zumute ist. Doch wenn du mit der Zauberei Böses tust, dann wirst du selbst böse werden. Du mußt noch viel lernen, mein Junge.«
Willow nickte und begab sich zu den anderen.

»Willow!« Als Willow seinen Namen rufen hörte, blieb er noch einmal stehen. Kiaya kam den Hang heruntergerannt. Atemlos warf sie sich ihm an den Hals und umarmte ihn leidenschaftlich. Tränen standen in ihren Augen.
»Bitte laß nicht zu, daß ihr etwas geschieht«, flehte Kiaya. Sie rückte das Baby im Wickeltuch zurecht und gab ihm einen Abschiedskuß. Oben auf dem Hügel standen Willows Kinder und winkten ihm zu. Er atmete tief durch und wandte sich entschlossen ab.
Das Abenteuer begann.

Eine gefährliche Reise beginnt

Es war eine merkwürdig fremde, wundersame Landschaft, durch die sie kamen, aber Willow hatte kaum einen Blick dafür übrig. Die kleine Nelwyn-Expedition marschierte einer genauen Rangordnung entsprechend. Ganz vorn ging Burglekutt, nur mit einem Spazierstock in der Hand. Danach folgten Vohnkar und seine Männer, die lediglich ihre Waffen trugen. Und dann kamen Willow und Meegosh, die gemeinsam eine schwer beladene Packstange trugen. Willow, unter der Last schwankend, schaffte es trotzdem, gleichzeitig das Baby zu füttern.

»Du hältst uns auf, Ufgood«, rief Burglekutt von vorn. »Beeil dich gefälligst.«
»Ich hasse den Kerl«, murmelte Willow. »Und dieses ganze Unternehmen dazu.«

Ein Stück weiter stießen sie auf einen Bären. Sofort wich Burglekutt von der Spitze zurück, während Vohnkar und seine Männer mit erhobenen Speeren nach vorn stürmten, worauf der Bär hastig das Weite suchte.
»Feigling«, murmelte Willow, der liebend gern ebenfalls nur einen Speer getragen hätte, in Richtung Burglekutt. Er löste das Ende der Packstange und ließ sie zu Boden sinken. »Wir müssen eine Pause machen.«
»Pause?« fragte Vohnkar. »Warum?«
»Das Baby ist krank«, antwortete Willow.
»Selbstverständlich ist es *nicht* krank«, mischte sich Burglekutt ein. »Laß mich mal sehen ...«
Er nahm Willow das Baby ab. Kaum hatte er es auf dem Arm, da erbrach Elora sich über seinem Wams. Burglekutt machte ein angewidertes Gesicht. Meegosh geriet in Panik.
»O nein. Wird es jetzt sterben?« erkundigte er sich mit zitternder Stimme.
»Ach was. Es geht ihr gleich wieder gut, wenn sie sich etwas ausruhen kann«, sagte Willow. Er nahm Burglekutt das Baby weg und drückte es liebevoll an sich.
Später entfachten sie ein Lagerfeuer, um gegen die Kälte der Nacht geschützt zu sein und etwas Fleisch braten zu können. Meegosh spielte selbstvergessen auf einer kleinen Flöte. Willow wischte mit einem Tuch vorsichtig die Stirn des Babys ab und sang ihm ganz leise ein selbstgedichtetes Lied ins Ohr.
Urplötzlich ertönte aus der Ferne ein schreckliches Heulen. Die Nelwyns am Lagerfeuer zuckten merklich. Wortlos rückten sie zusammen. Jeder suchte die Nähe des anderen. Dann blieb alles still.

Am nächsten Tag setzten sie ihre Reise fort. Weiter ging es durch diese seltsame Landschaft, die sie nie zuvor gesehen hatten und die ihnen so völlig fremd war.
Sie hatten sich gerade am Straßenrand zu einer kleinen Rast und einem kleinen Imbiß niedergelassen – Willow war eben damit beschäftigt, die aus einem Lumpen bestehende Windel des Babys zu wechseln – da drang plötzlich der Klang von Hufschlägen an ihre Ohren. Hastig rafften sie ihre Sachen an sich, rutschten eine Böschung hinab und versteckten sich.
Ein Trupp Nockmaar-Soldaten, begleitet von zwei Killerhunden, kam die Straße entlanggedonnert – aus der Richtung, in der das Nelwyndorf lag. Gleichzeitig näherte sich aus entgegengesetzter Richtung ein Nockmaar-Leutnant. Der Leutnant und ein Soldat hielten direkt über dem

Versteck der Nelwyns an, während ein Teil der Truppen weiterritt.
»Die Nelwyns haben das Baby«, erstattete man dem Leutnant Bericht. »Wir haben ihr Dorf untersucht. Eine Gruppe von ihnen ist irgendwo unterwegs.«
Der Leutnant blickte die Straße auf und ab, als müßte diese Gruppe jeden Moment auftauchen. »Findet sie«, befahl er. »Weitet die Suche aus. Report an Sorsha!«
Die Peitschen knallten und die Pferde preschten los. In ihrem Versteck starrten sich die Nelwyns entsetzt an.
Das war ja furchtbar. Das war eine Katastrophe. Vielleicht war das ganze Dorf zerstört. Vielleicht ...
»Wir müssen zurück«, sagte Willow. Seine Gedanken waren bei Kiaya und seinen Kindern.
»Das Baby nehmen wir mit«, sagte Meegosh eifrig.
Vohnkar schüttelte entschieden den Kopf. »Willst du diese Soldaten wieder zurückführen? Sie werden unser Dorf vernichten. Wir haben Befehl, bis zu der Straßenkreuzung vorzudringen. Kommt! Wir bleiben in den Wäldern.«

An der Kreuzung

Die Landschaft veränderte sich, wurde weiter und leerer. Sie durchquerten Flüsse und Ebenen. Schließlich stolperten sie, vor Erschöpfung keuchend, einen langgezogenen Hang hinauf. Oben angekommen blieben sie erleichtert stehen. In der Ferne sahen sie die Straßenkreuzung, markiert durch ein hohes, hölzernes Gerüst, das wie ein Galgen aussah.
»Da ist es«, sagte Vohnkar. »Die Kreuzung.«
Bis dahin war es noch ein ganzes Stück Weg. Je näher sie kamen, desto vorsichtiger wurde der kleine Nelwyn-Trupp. Vohnkar und seine Männer gingen die letzten Meter voran.
Die Kreuzung bot einen trostlosen, unheimlichen Anblick. Zerbrochene Wagenteile, verstreute Knochen und überall summende Fliegen. Von einem Holzgalgen baumelten zwei Käfige. In dem einen Käfig befand sich lediglich ein Haufen Lumpen. In dem anderen lag das Skelett eines Mannes.
»Alles in Ordnung«, sagte Vohnkar, nachdem er sich vorsichtig umgeblickt hatte. »Ihr könnt kommen.«
Aus den nahen Büschen tauchten Willow und Meegosh auf. Burglekutt blieb zurück, spähte mit furchtverzerrtem Gesicht aus seinem Versteck. Willow blickte die verlassene Straße auf und ab. Er zitterte vor

Kälte. Unbewußt drängten sich die Nelwyns aneinander. Der ganze Ort strahlte etwas Unheimliches, Bedrohliches aus.
»Wo ist Burglekutt?« fragte Willow plötzlich. Wie auf ein Kommando drehten sich alle um und entdeckten Burglekutt, der hinter den Büschen vor Angst schlotterte.
»Komm ruhig raus, hier tut dir niemand was«, rief Willow.

Vohnkar und seine Männer hatten ein Feuer entfacht. Nach dem herrlichen Sonnenuntergang, der die Landschaft in ein merkwürdig glühendes Licht tauchte, war es schnell dunkel geworden. Meegosh packte die Vorräte aus. Aus Ästen und dem Wickeltuch konstruierte Willow eine tragbare Krippe, in die er das Baby setzte. Aus dem Dunkel der Nacht drangen gespenstische, undefinierbare Laute an ihre Ohren.
Willow beugte sich über das Baby. »Ist ja gut, mein Kleines.« Seine Stimme klang sanft und zärtlich. »Alles wird gut werden, glaube mir.«
Plötzlich ertönte ein schreckliches Geräusch. Willow wich zurück, duckte sich unter den mit dem Lumpenbündel gefüllten Käfig. Eine Hand schoß aus dem Käfig hervor, packte ihn und riß ihn vom Boden hoch. Willow schrie auf. Das Baby begann zu weinen. Alle fuhren herum. Ein hageres, unrasiertes Gesicht preßte sich gegen die Gitterstäbe. Es war Madmartigan.
»Gib mir Wasser, Winzling, oder stirb ...«, sagte er.
»Ich geb dir Wasser ...«, Willow keuchte und würgte, »... was du willst ...«
Madmartigan, ein Bär von einem Mann, ließ ihn fallen. Sofort riß Willow das Baby an sich und duckte sich hinter Vohnkar und dessen Kriegern zusammen, die Madmartigan mit ihren Speeren bedrohten.
»Ihr Wiesel! Ihr kleinen Winzlinge«, brüllte Madmartigan. »Gebt mir Wasser!«
Wütend schlug er um sich und knallte seinen Kopf gegen die Gitterstäbe. Die Nelwyns wichen ängstlich zurück.
»Das ist ein Daikini«, flüsterte Burglekutt. »Wir haben Glück.«
»Wir können ihm doch unmöglich das Baby geben«, widersprach Willow empört. Meegosh unterstützte seinen Freund. »Es wird schon einen Grund geben, weshalb man ihn da eingesperrt hat.«
»Ufgood, wir müssen sie loswerden«, sagte Burglekutt eindringlich. »Bavmordas Truppen sind hinter uns her.«
Meegosh unterbrach ihn. »Psst! Er starrt uns an.«
Sofort schwiegen alle und warfen einen scheuen Blick auf Madmartigan, der sich über das schmutzige Gesicht fuhr und sie anlächelte.
»Irgend jemand müssen wir das Kind geben«, sagte Vohnkar nüchtern.
»Ich bin ›Jemand‹. Laßt mich raus und ich kümmere mich um das Ba-

by.« Madmartigan spitzte die Lippen und gab ein paar schmatzende Kußgeräusche von sich. Das Baby drehte das Köpfchen und lächelte ihm zu. »Seht ihr? Sie mag mich.«
Die Nelwyns zogen sich zur Beratung zurück.
»Ich habe absolutes Vertrauen zu ihm«, sagte Burglekutt im Brustton tiefster Überzeugung.
»Aber er hat versucht, mich zu erwürgen«, protestierte Willow.
»Ich will zurück«, beharrte Burglekutt.
Plötzlich sprang Meegosh auf und deutete in eine Richtung. »Da kommen noch mehr Daikinis.«
Alle sahen in die angegebene Richtung. Fackeln warfen ihren unruhigen Lichtschein in die Gegend.
In vollem Tempo kam ein von Pferden gezogener Wagen auf sie zugedonnert. Laute, trunkene Stimmen grölten. Entsetzt tauchten die Nelwyns in den Büschen unter.
Vier lärmende, ungehobelte Daikinis tauchten auf. Ihre Gesichter und Arme waren über und über tätowiert. Beim Anblick der beiden Käfige brachen sie in lautes Gejohle aus. Sie steckten den Käfig mit dem Skelett in Brand und schlugen dann mit ihren Fackeln nach Madmartigan, der wie wild hinter den Gitterstäben herumsprang.
»Nein! Nicht! Hilfe! Aufhören!«
Die Daikinis lachten und ritten davon. Madmartigan schlug wie rasend auf die Flammen ein. Seine Ärmel fingen an zu brennen. Sofort sprangen die Nelwyns aus den Büschen und bewarfen ihn mit Dreck und Erde, bis die Flammen erloschen waren.
»Danke für eure Hilfe, Winzlinge«, sagte Madmartigan.
»Bist du in Ordnung?« fragte Meegosh.
»Ich? Mir ist es nie besser gegangen.« Madmartigan schüttelte empört den Kopf. »Sie haben mich in Brand gesteckt. Mich!« Er spuckte ein paar Dreckklümpchen aus. »Und denen wollt Ihr euer Baby geben? Die *fressen* Babys. Das ist ihre Lieblingsspeise.«
Madmartigan rieb sich seine versengten Arme. Burglekutt ging sofort darauf ein. »Richtig. Vollkommen richtig. Wir müssen hier weg. Wir geben ihm das Baby.«
»Eine sehr weise Entscheidung«, sagte Madmartigan.
»Nein, Burglekutt«, rief Willow. »Wir sollten noch warten.«
»Willst du meine Autorität in Frage stellen?«
»Soweit es um das Baby geht – ja«, sagte Willow entschieden.
»Hör nicht auf ihn«, mischte sich Madmartigan hastig ein.
»Na schön«, sagte Burglekutt. »Du kannst ja alleine hier zurückbleiben.«
»Wartet ... das ist nicht gut ... das ist sogar ausgesprochen schlecht«, rief Madmartigan.
Willow warf Vohnkar einen fragenden Blick zu: »Vohnkar?«

»Das ist nicht seine Entscheidung«, sagte Burglekutt. Er wandte sich ab, um zu gehen.
»Burglekutt, du bist nichts weiter als Trolldung«, sagte Willow.
»Willow!« Meegosh sah seinen Freund entsetzt an.
»Du wirst doch nicht zulassen, daß er so mit dir spricht, Burglekutt«, meinte Madmartigan mit heuchlerischer Miene.
Willow starrte ihn voller Widerwillen an. »Du hältst dich da raus.«
Aber Madmartigan ließ sich nicht davon einschüchtern.
»Laßt mich hier raus. Ich werde ihn schon überzeugen.« Er rüttelte mit beiden Fäusten an den Gitterstäben.
Burglekutt wandte sich um und baute sich wütend vor Willow auf.
»Hör zu, du Zwerg. Während du hier deine Zeit verschwendest, liegen deine Felder unbebaut dar. Denk mal drüber nach.«
»Burglekutt, ich werde ...«, fing Willow an.
»Was wirst du?« fragte Burglekutt. Er lachte ihm spöttisch ins Gesicht.
»Eines Tages, Burglekutt«, murmelte Willow grimmig. »Eines Tages ...«
Burglekutt zuckte verächtlich mit den Schultern und drehte sich um.
»Geh'n wir, Vohnkar.«
»Meegosh, kommst du?« fragte Vohnkar.
Meegosh war deutlich hin und her gerissen. Er sah Willow gerade ins Gesicht und meinte schließlich: »Ich bleibe.«
Burglekutt lachte höhnisch auf und machte sich mit Vohnkar und dessen Männern auf den Weg.
»Burglekutt! Jungs!« rief Madmartigan ihnen nach. »Laßt mich doch nicht allein mit diesen beiden hier. Laßt mich raus! Gebt mir wenigstens einen Schluck Wasser.«
Der Wind heulte durch die fernen Bäume. Willow schaukelte das Baby sanft und blickte die verlassene, öde Straße entlang.
»Was tun wir jetzt, Willow?« erkundigte sich Meegosh niedergeschlagen.
»Ich weiß es nicht«, entgegnete Willow.
»Das war ganz schön dumm von dir, Winzling«, sagte Madmartigan.
»Nenn mich nicht Winzling.«
»Winzling! Winzling-Winzling-Winzling.«
Wütend holte Willow eine seiner magischen Eicheln hervor und bedrohte damit Madmartigan.
»Sei bloß vorsichtig. Ich bin ein mächtiger Zauberer. Wenn ich dich mit dieser Eichel treffe, erstarrst du zu Stein.«
»Du jagst mir eine Todesangst ein, Winzling.« Madmartigan lachte aufreizend. »Nur zu. Worauf wartest du?«
»Ich möchte keine meiner kostbaren Eicheln verschwenden«, sagte Willow würdevoll.
Madmartigan rüttelte an seinem Käfig, stampfte wild mit den Füßen, und brüllte vor Lachen.

Madmartigan, der »größte Schwertkämpfer aller Zeiten«

Willow und Meegosh schliefen tief und fest; ein Schlaf der Erschöpfung nach all den Aufregungen. Aus der Ferne ertönten Hufschläge, näherten sich rasend schnell. Als die beiden erschrocken hochfuhren, war der Reiter bereits vorübergedonnert.
»Was war denn das?« fragte Meegosh verblüfft und rieb sich die Augen.
»Morgen, Jungs«, sagte Madmartigan munter aus seinem Käfig. »Üble Nacht, was? Übrigens, habe ich mich eigentlich schon vorgestellt? Ich heiße Madmartigan.« Er streckte seine dreckige Hand durch die Gitterstäbe. Meegosh griff danach. »Ich bin Meegosh.«
»Rühr ihn nicht an, Meegosh«, warnte Willow. »Er ist gefährlich.«
Ein weiterer Reiter kam in gleicher Eile auf sie zugaloppiert. Willow stellte sich ihm in den Weg und winkte: »Stopp! Wartet!«
Hoch vom Pferderücken aus und ohne sein Tempo zu vermindern, brüllte der Reiter Willow an, der gerade noch beiseite springen konnte, bevor er von ihm niedergeritten worden wäre.
»Was war das denn?« fragte Meegosh entsetzt. Willow warf ihm einen hilflosen Blick zu. »Hast du eine Ahnung, was hier vorgeht?«
»Riecht nach einer größeren Schlacht«, meinte Madmartigan.
»Vermutlich bist du ein Krieger, ja?« erkundigte sich Willow.
Der Eingesperrte warf sich in die Brust, so gut das bei seiner Verfassung und der Enge des Käfigs möglich war. »Der größte Schwertkämpfer, der je gelebt hat«, prahlte er. Mit einem unsichtbaren Schwert führte er einige Hiebe aus; es wirkte jedoch nicht sehr überzeugend.
»Wie wär's mit einem Schluck zu trinken?« fragte er nach einigen weiteren imaginären Schwertstreichen.
»Komm schon, Willow«, drängte Meegosh, nachdem Willow nicht reagierte. »Vielleicht kann er uns helfen.«
»Hör nicht auf ihn«, sagte Willow warnend. Er setzte das Baby in die tragbare Krippe und nahm einen Schluck Wasser aus seiner Tasse. Madmartigan beobachtete ihn gierig.
»Das sind schlimme Zeiten, mein Freund«, sagte er nach einer Weile zu Meegosh und fügte hinzu: »Gute, anständige Männer werden in Käfige gesperrt und Verbrecher rennen frei herum. Es zahlt sich heutzutage nicht mehr aus, wenn man ehrlich ist. Bist du Holzfäller?«
»Nein, Bergarbeiter«, sagte Meegosh. »Und mein Freund hier ist Bauer.«

Madmartigan breitete die Arme aus. Sein Gesicht strahlte. »Ich wußte es. Bergarbeiter, Bauer: Ihr seid Opfer! Jawohl, ihr genauso wie ich. Opfer einer verrotteten, korrupten Welt!« Und damit brach er, überwältigt von seinen eigenen Worten, in Tränen aus. Schließlich konnte Willow es nicht länger ertragen. Er ging hinüber zu dem Käfig, um Mardmartigan die Tasse zu reichen.

»Ich danke dir, mein Freund«, sagte der Gefangene gerührt.

Genau in diesem Moment schaute Willow die Straße hoch und drehte sich dabei mit der Tasse weg. »Was ist das? Ich höre doch ...«

Madmartigan streckte sich, tastete krampfhaft nach der Tasse. »Ich höre etwas, das uns eine ganze Menge Ärger einbringen wird. Und es kommt schnell näher«, murmelte er düster.

»Und was ist es?« fragte Meegosh besorgt.

Ein fernes Grollen am Horizont war zu hören. Madmartigan angelte weiter nach der Tasse, die sich ganz knapp außerhalb seiner Reichweite befand. »Schätzungsweise hundert Pferde, fünf oder sechs Wagen und ungefähr tausend Narren.« Endlich hatte er die Tasse erwischt und stürzte gierig das Wasser hinunter. Die lange entbehrte Erfrischung tat ihm sichtlich gut. Dann ließ er die Tasse sinken und spähte angestrengt die Straße entlang.

In einer wirbelnden Staubfahne kamen zwei uniformierte Reiter angaloppiert. Hinter ihnen tauchte eine gewaltige Armee auf: Kavallerie, unberittene Soldaten, Wagen; ein riesiges, wogendes Meer aus Schilden, Schwertern, Speeren, Bannern und Fahnen.

Die beiden Offiziere brüllten ihre Befehle über den donnernden Lärm der Hufe, der marschierenden Stiefel und klirrenden Rüstungen hinweg. Sie ließen ihre Pferde auf engstem Raum wenden, schossen vor und zurück und sorgten dafür, daß die Armee gut über die Kreuzung kam. Meegosh wich erschrocken zurück. Willow hielt das Baby krampfhaft fest.

»Aus dem Weg, Winzling!« schrie der Offizier. Das Pferd stieg hoch und hätte Willow beinahe über den Haufen gerannt. Mit einem Satz sprang er zurück, um sich und das Baby in Sicherheit zu bringen. Meegosh drängte sich neben ihn.

»Wer ist das?« fragte er und deutete auf einen riesigen, muskelbepackten Offizier, der offensichtlich das Kommando führte.

»Wir sind bald da«, sagte er gerade. »Der Angriff erfolgt zur Mittagszeit.«

Die anderen nickten und galoppierten weiter. Der große, bärtige Mann saß fest in seinem Sattel und beobachtete, wie seine Männer vorüber-

Rechts: An der Daikini-Kreuzung. Niemand ahnt, daß in einem der Käfige der »größte Schwertkämpfer aller Zeiten« gefangen ist ...

Madmartigan wird nicht von Airk (oben), sondern von den Nelwyns befreit (unten). Rechts: Die Verfolger preschen heran.

In einer alten Taverne hofft Willow für Elora etwas Milch besorgen zu können. Dort trifft er auch den verkleideten Madmartigan wieder.

Als die Verfolger die Taverne stürmen, bleibt ihnen als einzige Fluchtmöglichkeit nur noch ein waghalsiger Sprung über das Geländer.

Madmartigan springt in einen Pferdewagen und schnappt sich die Zügel (oben). Es kommt zu einem erbitterten Kampf (unten).

Als sie den Verfolgern endlich entkommen, schimpft Willow Madmartigan, warum er nicht besser auf Elora aufpassen konnte (oben und unten).

zogen. Durch den Staub und den allgemeinen Trubel ging Willow auf ihn zu. Meegosh folgte schüchtern.
»Entschuldigen Sie bitte«, rief Willow, »wir haben ein Daikini-Baby in unserem Dorf gefunden. Könnten Sie es vielleicht mitnehmen ...?«
Der Mann blickte von seinem Pferd herab: »Wir ziehen in die Schlacht, Kleiner. Such dir dafür eine Frau.«
»Sie haben dich wohl für eine Hebamme gehalten, Airk!« sagte Madmartigan.
Der Offizier fuhr im Sattel herum. Fassungslos starrte er den Mann im Käfig an.
»Da soll mich doch der Teufel holen Madmartigan. Ich wußte, daß du eines Tages in einem Krähenkäfig enden würdest.«
Airks mächtiges Pferd tänzelte um den baumelnden Käfig herum. »Die Nockmaar-Armee hat Galladoorn zerstört«, sagte er.
»Eure Festung?« wunderte sich Madmartigan.
»Es war ein Massaker«, sagte Airk düster. »Bavmorda ist auf dem Kriegspfad. Ihre Truppen vernichten alles, was sich ihnen in den Weg stellt. Wir wollen versuchen, sie bei River Troon aufzuhalten.«
Madmartigan sah den großen Mann eindringlich an. Seine Stimme klang schmeichlerisch: »Laß mich hier raus, Airk. Gib mir ein Schwert, und ich werde diesen Kampf für dich gewinnen.«
Airk starrte ihn finster an. »Nach allem, was du dir bei uns geleistet hast, kannst du froh sein, wenn ich dir nicht mein Schwert durch den Leib ramme.« Er gab dem Käfig einen verächtlichen Stoß und zog sein Pferd herum.
»Airk!« rief Madmartigan ihm aus dem pendelnden Gefängnis nach.
Der Offizier wandte sich noch einmal um. »Madmartigan, ich diene immer noch Galladoorn«, sagte er mit grollender Stimme. »Du dienst niemandem, vergiß das nicht. Bleib in deinem Käfig, bis du verfaulst!«
»Ich werde dich zehnmal überleben«, schrie Madmartigan wütend. »Du Dreckstück! Du Abschaum! Das wirst du mir büßen!«
»Ein Freund von dir?« erkundigte sich Willow beiläufig. Madmartigan fuhr mit wutverzerrtem Gesicht und geballten Fäusten herum, überlegte es sich dann doch noch einmal. Die geballte Faust verwandelte sich in eine winkende Hand, auf dem Gesicht zeigte sich ein Lächeln. »Hallo, meine süße Kleine ...« Er warf dem Baby ein Kußhändchen zu. Willow wandte sich ab und sah der weiterziehenden Armee nach.

*

Der gespenstische Ort, an dem sich die beiden Straßen kreuzten, lag nun

Links: Madmartigan mit Elora auf dem Arm. Er begleitet Willow bis an einen See, wo dieser Fin Raziel zu finden hofft.

verlassen und öde da. Langsam wurde es Abend. Windböen fauchten über den freien Platz und ließen die Käfige leicht hin und her schwingen. Willow saß mit gesenktem Kopf da.
»Ich vermisse Kiaya und die Kleinen schrecklich. Hoffentlich geht es ihnen gut.«
Meegosh hatte andere Sorgen. »Willow, das Essen wird allmählich knapp. Wie soll das nur weitergehen?«
Madmartigan witterte seine Chance. »Niemand wird sich um euer Baby kümmern. Es gibt doch keinen, der sich auch nur einen Deut darum schert, bis auf mich! Ihr wollt zu euren Familien zurück. Ich könnte für das Baby sorgen. Ich würde es hüten, als wäre es mein eigen Fleisch und Blut.«
»Ich glaube ihm, Willow«, sagte Meegosh.
»Er versteht doch überhaupt nichts von Babys«, entgegnete Willow abfällig.
»Oh, aber ich kenne eine Menge Frauen, die sehr viel davon verstehen«, erklärte Madmartigan. Sein Gesicht nahm einen verklärten Ausdruck an.
»Ihr könnt mich doch hier nicht sterben lassen, wenn ich nichts anderes im Sinn habe, als das Baby zu beschützen.«
Willow betrachtete Madmartigan aufmerksam. Für einen Daikini sah er gar nicht so übel aus. Zugegeben, seine Kleidung war zerfetzt, er starrte vor Dreck, und sein langes Haar war verfilzt. Aber das war ja auch kein Wunder. Wie lange mochte er wohl schon in diesem Käfig stecken?
Willow berührte sanft Kiayas Haarzopf und dachte angestrengt nach.

Etwas später sah man Meegosh mit kräftigen Schlägen auf Madmartigans Kette einhämmern. Nach einiger Zeit sprang sie klirrend auseinander. Madmartigan rollte aus seinem Käfig heraus und kam taumelnd auf die Beine. Mit dem Baby im Arm trat Willow einen Schritt vor.
»Und du versprichst, sie ordentlich zu füttern?« fragte er eindringlich.
Madmartigan gab schmatzende Laute von sich.
»Na komm zu Daddy, mein kleiner Liebling ...« Er streckte die Hände nach ihr aus.
»Und sie sauber zu halten«, sagte Willow.
»Absolut«, versicherte Madmartigan. Er nahm das Baby auf den Arm. »Du magst doch Madmartigan, nicht wahr?« Er kniete nieder, legte das Kind zu Boden und kitzelte es. Das Baby lachte. »Und ob du Madmartigan magst. Alle Frauen mögen Madmartigan.« Während er noch kniete, schnallte ihm Meegosh schnell die Babytrage auf den Rücken.
»Hier sind ihre Windeln«, sagte Willow und reichte ihm einige Lumpen. »Und hier ist ihre Milchblase.«
»Ist noch Milch drin?« erkundigte sich Madmartigan.

»Die ist für das Kind.«
»Ich würde doch einem Baby nicht die Milch stehlen«, sagt Madmartigan empört. »Du machst dir zuviel Sorgen, Winzling.«
»Willow«, sagte Meegosh. »Er heißt Willow.«
»Ich meine Willow. Du hast schon das Richtige getan, verlaß dich drauf.«
Willow sah nicht so aus, als wäre er davon überzeugt. Noch einmal nahm er das Baby und küßte es. Er konnte sich kaum von ihr trennen. »Leb wohl«, flüsterte er ihr ins Ohr und setzte es in die Trage.
»Lebt wohl, Jungs«, sagte Madmartigan, wandte sich um und marschierte los.
»Paß bitte gut auf sie auf«, schrie Willow ihm nach.
»Ich geb' dir mein Ehrenwort«, rief er zurück.

Meegosh stieß einen tiefen Seufzer der Erleichterung aus. Willow dagegen schien alles andere als glücklich zu sein.

Der geheimnisvolle Zauberwald

Die Straße zog sich schier endlos dahin. Meegosh eilte schneller und schneller voran, Willow konnte kaum noch mithalten.
»Meegosh, warum rennst du denn so«, sagte er. »Uns verfolgt doch keiner.«
»Komm schon. Wenn wir uns beeilen, sind wir morgen früh zu Hause. Ich kann's gar nicht erwarten, ihre überraschten Gesichter zu sehen. Wir werden die Helden des Tages sein.«
»Glaubst du wirklich?« fragte Willow zweifelnd.
Meegosh drehte sich halb herum, ohne sein Tempo zu vermindern. »Aber sicher. Ich hör' sie schon. ›Schaut, da kommen Willow und Meegosh! Die Helden sind heimgekehrt!‹ Sie werden uns richtig feiern.«
Willow ließ sich von Meegoshs Begeisterung anstecken. »›Willkommen zu Hause, Jungs! Ihr habt einen Orden verdient!‹«
»›Laßt uns Willow zum Aldwin-Lehrling machen!‹« sagte Meegosh.
»Oder noch besser«, lachte Willow, »gleich zum Erhabenen Aldwin höchstpersönlich.« Dann überwältigten ihn wieder die Gewissensbisse, und er sah Meegosh bedrückt an. »Haben wir wirklich das Richtige getan, Meegosh?«
Meegosh antwortete im Brustton der Überzeugung: »Auf jeden Fall. Es gibt nichts, weshalb du dir Sorgen

machen müßtest. Alles ist in bester – «
Ein ferner, durchdringender Schrei ertönte, der die beiden Nelwyns herumfahren ließ. Ein großer Adler mit mächtigen Schwingen kam auf sie zugestürzt. In seinen Fängen hielt er das Baby mitsamt der Trage. Willow und Meegosh warfen sich der Länge nach in den Dreck, als er dicht über sie hinwegzischte. Im Nacken des Adlers saß ein Braunling, gerade zwanzig Zentimeter groß.
Willow taumelte auf die Beine, als der Adler mit kräftigem Flügelschlag wieder an Höhe gewann und auf die Wipfel der majestätischen Bäume zuflog.
»Heh! Stop! Wartet!« Wild brüllend und beide Arme schwenkend lief Willow hinter dem Adler her. Meegosh folgte ihm auf den Fersen. »Bringt das Baby zurück. Ihr sollt das Baby zurückbringen!«
Der Adler verschwand zwischen den hoch aufragenden Bäumen. Willow gab nicht auf. Er rannte so schnell ihn seine Beine trugen einen schmalen Pfad entlang, als etwas an seinem rechten Ohr vorbeizischte: ein Pfeil! Plötzlich überschütteten ihn aus allen Richtungen winzige Pfeile. Im Weiterlaufen streifte er sie von sich ab. Auf einmal stand er an einer Weggabelung. Blindlings lief er einen der Pfade entlang. Nach ein paar Schritten versperrten ihm Seile und Netze den Weg. Er drehte sich um und lief zurück. An der Gabelung wäre er beinahe mit Meegosh zusammengestoßen, der aus der anderen Richtung angerast kam.
»Zurück«, rief Willow. »Hier entlang geht's geradewegs in eine Falle.«
Sie gingen ein paar Schritte den Weg entlang. Alles wirkte still und friedlich unter dem Dach der hohen Bäume.
Doch auf einmal riefen Willow und Meegosh nahezu gleichzeitig: »Oh neeeiiiiin!!«
Dann stürzten sie nach unten und schlugen schwer am Boden einer Fallgrube auf. Gleich darauf waren sie von völliger Finsternis umgeben.

*

Willow kam zu sich, als ihn der Inhalt eines Wassereimerchens, der noch nicht mal die Größe einer normalen Tasse hatte, ins Gesicht traf. Er versuchte aufzuspringen, aber die Fesseln an Händen und Füßen hinderten ihn daran. Mehrere kleine Braunlinge standen glotzend und lachend um ihn herum. Ihre Gesichter waren bemalt, ihre Haare zu winzigen Kämmen hochgestellt. Überall brannten kleine Lagerfeuer. Ein merkwürdiger Laut ertönte, und Willow drehte mühsam den Kopf zur Seite. Neben ihm lag Meegosh und stöhnte vor Schmerz.
»Wo bin ich?« lautete Willows erste Frage. »Meegosh, ist was mir dir? Bist du verletzt?«
»Ich glaube, mein Arm ist ge-

brochen«, murmelte Meegosh mit schwacher Stimme.
Der winzige Braunling, der den Adler geritten hatte, trat hoheitsvoll vor.
»Ich bin Franjean, König der Welt!« sagte er würdevoll. Die anderen Braunlinge kicherten, was am Wahrheitsgehalt von Franjeans Worten einige Zweifel aufkommen ließ. Wie Glühwürmchen summten einige winzige Feen um sein Gesicht.
»Wo ist das Baby?« fragte Willow erregt. »Ich bin dafür verantwortlich.«
Franjean versetzte Willow einen Nasenstüber, ganz lässig aus dem Handgelenk heraus.
»Sei still, du Narr. Du hast nur zu reden, wenn du gefragt wirst.«
Wütend zerrte Willow an seinen Fesseln. »Mach das noch mal und ich garantiere für nichts, du kleiner ...«
»Ich hab' keine Angst vor euch Nelwyns.« Franjean lachte verächtlich auf. »Ihr haltet euch wohl für die Größten. Da, ich werd dir zeigen, wie groß du bist.« Und damit versetzte er Willow erneut einen Schlag.
»Franjean, bring die Nelwyns zu mir!« sagte plötzlich eine Stimme, die aus dem Nichts zu kommen schien. Ein kleiner Braunling mit gutmütigem Gesicht schob sich dicht an Willows Kopf heran.
»Oh, das war die Stimme von Cherlindrea«, flüsterte er ehrfürchtig. »Und ich bin Rool«, fügte er noch hinzu.
Die Braunlinge packten die Enden des Seils, nahmen sie über die Schulter und machten sich an die mühsame Aufgabe, Willow fortzuzerren.
»Jetzt kriegst du Ärger«, sagte Rool zu Willow.
»Keine Gespräche mit dem Gefangenen«, rief Franjean scharf.
»Aber *du* hast dich doch auch unterhalten!«
»Das war etwas anderes. Ich hab' hier schließlich das Kommando.«
Willow versuchte um sich zu schlagen, gegen die Fesseln anzukämpfen. Tapfer sprang Franjean auf seine Brust, tanzte darauf herum und zerrte an einem Strick.
»He, was soll das?« protestierte Willow.
»Sei still, sonst brech' ich dir die Nase«, sagte Franjean. »Ich kann mit dir machen, was ich will. Vorwärts!«
»Aua! Runter von mir«, schrie Willow. »Hast du nicht gehört? Runter, sonst ...«
Lachend zerrten die Braunlinge Willow und Meegosh weiter.

Eine seltsame Erscheinung

Die Nachtluft füllte sich mit tanzenden, fliegenden Feen. Wie eine kleine, leuchtende Milchstraße sah das aus. Die Braunlinge zerrten Willow und Meegosh tiefer und tiefer in den Zauberwald, und Franjean stupste Willow zum wiederholten Male mit seinem Stöckchen.

»Sobald ich frei bin, zerquetsche ich dich«, knirschte Willow.

Franjean lachte auf. »Die Fesseln wirst du nie zerreißen, Schlappohr.«

Wieder ertönte offenbar aus dem Nichts Cherlindreas Stimme.

»Laßt die Nelwyns frei!«

Franjean erschrak.

Sofort zerschnitten die Braunlinge die Fesseln. Willow sprang auf, Franjean und die anderen Braunlinge huschten erschreckt davon. Doch Willow blieb keine Zeit, sich um Franjean zu kümmern. Ein wundervolles Licht erhellte plötzlich die Szenerie.

»Willkommen in meinem Königreich«, sagte Cherlindrea.

Willow sah das Baby schlafend in einer kleinen Korbwiege liegen und rannte darauf zu. Das Licht wurde jetzt immer greller.

»Ich kann nichts mehr sehen«, rief Willow. »Das Licht blendet mich!«

»Tut mir leid«, entschuldigte sich Cherlindrea. Sofort wurde das strahlende Licht schwächer, und Cherlindrea erschien wie eine wunderschöne Vision: ein Wesen von überirdischer Schönheit, mit langen, seidigen Haaren und leuchtenden Augen.

»Den Honig der Nachtigall für unsere verehrten Gäste«, befahl sie. »Ich bin sehr glücklich, dich zu sehen, Willow Ufgood.«

Die Braunlinge kamen aus ihren Verstecken und machten sich geschäftig ans Werk. Aus einer Tasse, die wie ein Blatt geformt war, erhielt Willow etwas zu trinken. In seinem Eifer rannte Rool schnurstracks mit Franjean zusammen; beide landeten auf ihren Hinterteilen. Die winzigen Feen, die an Willows Gesicht vorbeiflogen, kicherten zart. Es klang wie ein winziges Glöckchen, von einem Windhauch bewegt.

»Woher weißt du meinen Namen?« fragte Willow verblüfft.

Cherlindrea verschwand im Nichts und tauchte gleich darauf neben dem Baby auf.

»Elora Danan hat es mir gesagt.« Sie deutete auf das Baby. »Elora, Willow ist hier ...«

Das Baby schlug die Augen auf.

»Aber sie ist doch bloß ein Baby«, rief Willow verwirrt. »Ein ganz kleines Baby.«

»Elora ist etwas Besonderes«, widersprach Cherlindrea lächelnd. »Sie ist die Tochter der Sonne und des Mondes.«

Willow brauchte eine Weile, um sich zu fassen. Dann atmete er tief durch und meinte trocken: »Das beruhigt mich. Dann kann ich ja endlich nach Hause gehen.«
Cherlindrea sah ihn ernst an. Mit sanfter Stimme sagte sie: »Nein, Willow. Du stehst erst am Anfang deiner Reise. Und es wird vielleicht eine sehr weite Reise werden.«
»Ich verstehe nicht«, sagte Willow. »Ich muß zu meiner Familie zurück. Ich mache mir Sorgen. Sie brauchen mich.«
»Du wirst es verstehen *müssen,* Willow«, unterbrach ihn die Zaubergestalt. »Elora Danan hat dich zu ihrem Wächter auserkoren.« Mit ihren magischen Kräften hob sie das Baby aus der Wiege und ließ es in der Luft schweben.
»Mich?« fragte Willow erstaunt.
»Ja, dich. Sie mag dich.«
Ungläubig griff er nach dem schwebenden Baby und drückte es an sich. Cherlindrea machte eine Handbewegung und hielt Willow etwas entgegen, das wie ein ganz gewöhnlicher Zweig aussah.
»Hier, bring diese *Magische Wand* zu der Zauberin Fin Raziel. Sie wird dir helfen, Elora Danan zu dem Königreich von Tir Asleen zu bringen, wo ein guter König sich um sie kümmern wird.«
»Warum machst *du* das nicht?« fragte Willow verzweifelt. »Du besitzt doch magische Kräfte?«
»Ich wollte, ich könnte es«, sagte sie traurig. »Doch meine Kräfte erstrekken sich nur auf diesen Wald. Ich kann ihn nicht verlassen.«
»Für so eine Aufgabe braucht man einen Krieger, einen großen, tapferen Krieger. Ich bin ein Nichts, ein Niemand.« Fast flehend sagte Willow zu dem Baby. »Du willst mich doch gar nicht, Elora, nicht wahr? Nicht wirklich?« Und zu Cherlindrea gewandt: »Sag du ihr's. Ich bin klein. Selbst für einen Nelwyn bin ich klein.«
Vom Boden aus starrten die Braunlinge beleidigt zu ihm hoch. Cherlindrea verstärkte plötzlich das Licht, das sie umgab, so daß Willow, das Baby umklammernd, zurückwich.
»Elora Danan muß überleben«, sagte sie mit einer Stimme, die keinen Widerspruch zu erlauben schien. »Sie muß Bavmorda stürzen, deren Macht ständig größer und größer wird.«
Cherlindrea wirbelte um Willow herum, bis diesem ganz schwindelig wurde. Und dann auf einmal: Schweigen. Tiefes Schweigen und völlige Finsternis. Nur langsam sickerte etwas Mondlicht durch. Willow stand regungslos da, das Baby auf dem Arm. Wie ein tönendes Echo hallte Cherlindreas Stimme durch den Wald.
»Alle Kreaturen, die guten Willens sind, brauchen deine Hilfe, Willow. Ohne deine Hilfe wird Bavmorda bald schon jedes Leben in deinem Dorf kontrollieren, das Leben deiner Kinder, alles und jeden.«
Die tanzenden Feen leuchteten in

den unterschiedlichsten Farben und tauchten den Wald in ein unwirkliches Licht, als die wundersame Zaubergestalt noch einmal erschien. Diesmal war nur ihr Gesicht zu sehen, riesengroß. Hinter den Bäumen kamen die Braunlinge hervorgekrochen. Alle Augen waren auf Willow gerichtet.
»Ich kann dich nicht zwingen, zu gehen, Willow«, sagte Cherlindrea leise.
»Diese Entscheidung mußt du ganz alleine treffen.«

Der General mit der Totenkopfmaske

Eine tiefe, friedliche Stille lag über dem Wald. Die kleinen Feuer der Braunlinge waren niedergebrannt. Rool schlich im ersten Morgengrauen vorsichtig dahin, ein übermütiges Funkeln in den Augen. In der Hand trug er ein Säckchen mit glitzerndem Staub. Bei einer schlafenden Fee hielt er an und streute ihr ein bißchen davon in die Augen. Urplötzlich tauchte Franjean hinter ihm auf.
»Wo hast du den Staub der Gebrochenen Herzen gestohlen?« fragte er streng.
»Nirgends. Ich wollte bloß etwas Spaß haben.«
»Er gehört den Feen. Er ist gefährlich. Los, gib ihn mir!«
Franjean entriß ihm das Säckchen und gab ihm einen Stoß, daß Rool zurücktaumelte. Dann band er sich das Säckchen an den Gürtel. In diesem Moment erwachte die kleine Fee, rieb sich die Augen und erblickte Franjean. Ein liebevolles Lächeln huschte über ihr Gesicht. Sie stürzte sich auf Franjean und überschüttete ihn mit Küssen.
»Geh weg! Fort mit dir! Hilfe! Begießt sie mit kaltem Wasser!« Fluchtartig versuchte er sich vor der offenbar liebestollen Fee in Sicherheit zu bringen.
Von dem Lärm erwachte Willow. Er sah sich um und kroch auf seinen Gefährten zu.
»Wach auf, Meegosh.« Willow wirkte fest entschlossen. »Es ist Zeit, nach Hause zu gehen.«
Sein Freund brauchte eine Weile, bis er wieder aufnahmefähig war, dann endlich begriff er: »Nach Hause?« Er sprang freudig auf.
»Wie geht's deinem Arm?« fragte Willow. »Glaubst du, daß du es schaffst?«
»Oh ja, er ist in Ordnung. Ganz wunderbar. Sie haben irgend etwas daraufgetan.« Aber als er den Arm massieren wollte, verzog sich sein Gesicht vor Schmerz.

»Hör zu«, sagte Willow ernst. »Ich möchte, daß du Kiaya ausrichtest, daß ich sie liebe und jeden Tag an sie denke.«
Meegosh sah ihn verständnislos an.
»... Und sage ihr, daß ich es nicht zulassen werde, daß dem Baby irgend etwas passiert.«
Allmählich dämmerte Meegosh, was Willow vorhatte. »Du hast dich also entschlossen, alleine weiterzugehen?«
Willow nickte.
»Es wird gefährlich werden! Vielleicht sollte ich dich doch begleiten«, meinte Meegosh.
»Nicht mit diesem Arm«, antwortete Willow.
Die beiden Freunde sahen sich an. Willow schluckte.
»Und umarme Mims und Ranon für mich. Und schau zu, daß sich Kiaya keine Sorgen macht.«
»Bist du sicher, daß du weißt, was du tust?« fragte Meegosh.
»Ich hoffe es«, sagte Willow aufrichtig.
»Sei jedenfalls vorsichtig. Daikinis sagen das eine und meinen etwas ganz anderes.«
Sie umarmten sich herzlich. Der Abschied fiel ihnen schwer. Dann drehte sich Willow entschlossen um.
»Leb wohl«, murmelte Meegosh und sah ihm lange nach.

*

Franjean und Rool gingen voran und zeigten den Weg.
»Hier entlang, hier entlang!« rief Franjean. An seinem Gürtel baumelte das Säckchen mit dem magischen Staub.
»Wird es lange dauern, diese Fin Raziel zu finden?« fragte Willow. Er duckte sich, das Baby im Arm, unter den tiefhängenden Zweigen hindurch.
»Nicht lange«, sagte Franjean. »Sie sitzt im Exil, auf einer Insel, gerade hinter diesen Hügeln da«, mischte sich Rool ein.
»Sie sitzt wo?« fragte Willow.
»Im Exil. Bavmorda hat ihr das angetan ...!« Er streckte die Zunge heraus und stöhnte qualvoll auf. Franjean zerrte ihn kräftig am Ärmel.
»Rool, du Narr. Er muß nicht alles wissen.«
»Was sagst du da?« fragte Willow. »Was meinst du mit Insel?« Drohend schwenkte er Cherlindreas *Magische Wand* vor den Braunlingen, die sich hastig duckten.
»Spiel nicht damit herum«, sagte Franjean eilig. »Cherlindrea hat mir erzählt, daß damit ungeheure Kräfte entfesselt werden. Nur ein mächtiger Zauberer kann darüber verfügen – nicht ein dämlicher Winzling wie du!«
Willow wollte gerade zu einer heftigen Antwort ansetzen, da schlug ihm ein Zweig ins Gesicht. »Bist du sicher, daß du weißt, wohin wir gehen?« fragte er mühsam beherrscht.
»Selbstverständlich«, antwortete Franjean hochnäsig.
Rool deutete aufgeregt nach unten.

»Seht mal, hier!« rief er.
Willow hastete zwischen den Bäumen hindurch, dem Waldrand entgegen. Der Anblick, der sich ihm bot, war faszinierend und erschreckend zugleich. Im Tal dort unten kämpften Hunderte von Nockmaar-Soldaten und Kavalleristen gegen eine Nachhut der Rebellenarmee. Der Schlachtenlärm drang bis zu Willow hoch. Schwerter blitzten auf, Blut floß, es war grauenvoll.
»Daikinis ...«, murmelte Willow.
Die Rebellen wurden von den zahlenmäßig weit überlegenen Nockmaartruppen gegen den bewaldeten Hügel zurückgedrängt. Erst als Willow ein metallisches Klirren neben sich hörte, wandte er den Blick von dem Schlachtengetümmel unter sich ab. Gewaltige Pferde und Landsknechte in schwarzer Rüstung drängten sich ganz in seine Nähe. Willow erstarrte vor Schreck, aber niemand bemerkte ihn. Der Anführer des Trupps war ein mächtiger Mann mit einem grausamen Zug um den Mund.
»General Kael ...«, sagte einer der Landsknechte zögernd zu dem Anführer, der ihn keines Blickes würdigte.
»Kein Erbarmen mit ihnen!« schrie der General.
Schwerter funkelten, Pferde preschten vor. Die beiden Braunlinge sprangen entsetzt beiseite und rannten um ihr Leben. Willow stolperte, fiel hin, rappelte sich wieder auf, wich den an ihm vorbeidonnernden Pferden aus und wäre beinahe niedergetrampelt worden.
Elora schrie fürchterlich. Willow drückte sie fest an sich und rannte, gefolgt von den Braunlingen, auf den Waldrand zu, während die kämpfenden Truppen weiterzogen.
»Psst, Elora, weine nicht«, flüsterte er, »es kann ja nur besser werden. Schlimmer kann es wirklich nicht mehr kommen.«
Doch das Kind wollte sich lange nicht beruhigen.

Kalter Regen tauchte die Landschaft in graues Licht. Schwere Regentropfen rollten über Willows bekümmertes Gesicht. Während er sich über die rutschige Straße vorwärtskämpfte, bemühte er sich, das Baby so gut es ging vor der Nässe zu schützen.
Am Straßenrand erkannte er die schemenhaften Umrisse einer Taverne: ein zweistöckiges, rundes Holzgebäude. Das Erdgeschoß bildete ein offener Stall, in dem mehrere Pferde standen. Zwei Arbeiter reparierten einen Wagen. Das eingeschirrte Pferd davor trat unruhig von einem Bein aufs andere.
Mit kurzen, schnellen Schritten eilte Willow auf die Taverne zu. Rool hatte es sich in Willows linker Jackentasche gemütlich gemacht. Franjean klammerte sich unter dem Babywickeltuch fest. Hier saß er wenigstens im Trockenen. Jetzt streckte er den Kopf über Willows Schulter und deutete auf die Taverne.

»Da gehen wir nicht rein. Auf keinen Fall.«
»Elora braucht frische Milch.« Willow marschierte durch den offenen Stall auf die Treppe zu, die in den ersten Stock führte.
»*Du* hast hier nicht das Kommando, Kleiner«, sagte Franjean hoheitsvoll. »*Ich* gebe die Befehle. Und ich sage dir, da gehen wir nicht rein. Kapiert?«
Willow beachtete ihn gar nicht, sondern hastete die Stufen hoch. Laute, ländliche Musik schallte ihnen entgegen, ein Spielmann und Minnesänger sang einige derbe Lieder. Der eigentliche Aufenthaltsraum war vollgestopft mit Leuten: ganze Nomadenfamilien, Mütter mit ihren Babys, rauhe, ungeschlachte Arbeiter, Tagediebe und Strolche. Gerade als Willow eintrat, krachten zwei stark tätowierte Daikinis von einer Balustrade, in eine wüste Schlägerei verstrickt. Die Fäuste flogen nur so, begleitet von üblen Schimpfkanonaden.
Vorsichtig pirschte sich Willow an den hinter dem Tresen stehenden Wirt heran.
»Hätten Sie vielleicht etwas Milch für dieses arme, hungrige Baby übrig?« fragte er vorsichtig. Der Wirt, ein schwergewichtiger Patron, trat drohend auf ihn zu.
»Raus hier, du Winzling! Hier hast du nichts zu suchen. Los, verschwinde!« Er fuchtelte mit den Armen: »Oder muß ich dir erst Beine machen?«
Er griff nach Willow, der flink an der Wand entlangrannte und sich unter der Treppe versteckte. Sein Atem ging rasend schnell.
Franjean spitzte unter dem Wickeltuch hervor und turnte flott auf Willows Tasche zu. Rool spähte hinaus, entdeckte ein hübsches Barmädchen und kletterte aus der Tasche.
»Schau sie dir an«, schwärmte Rool. »Los, her mit dem *Staub der Gebrochenen Herzen,* Franjean.«
»Nein«, protestierte Franjean. »Den kriegst du nicht. Niemals!«
Rool packte das Säckchen mit dem Staub, zerrte daran, verlor dabei das Gleichgewicht und kippte nach hinten weg. Etwas von dem glitzernden Staub rieselte ihm dabei in die Augen, während er unsanft auf dem Boden landete, direkt neben einer Katze.
Rool schaute sich verblüfft um, rieb sich die Augen und schenkte dann der Katze ein verliebtes Lächeln.
»Du bist wunderschön«, seufzte er und gab ihr einen Kuß, doch die Katze machte einen Buckel und fauchte so laut, daß Rool vor lauter Schreck senkrecht in die Luft schoß und davonraste.
Willow sah hinüber zu einem Tisch, an dem sich eine ganze Familie versammelt hatte; die Mutter war mit dem Kind beschäftigt, während der Vater mit einem großen Messer Fleisch schnitt. Am meisten interessierte Willow aber ein Milchkübel, der dort stand.
»Ich könnte deine Hilfe brauchen,

Franjean«, flüsterte er. Sofort verschwand der Braunling im Inneren der Jackentasche. Willow schob seinen Finger in den Mund des Babys, um es am Schreien zu hindern. Sofort begann das Baby zu nuckeln. Willow pirschte sich an den Eimer heran.
Aus der Tasche drang Franjeans schrille Stimme. »Willow?«
»Psst. Sei still.« Willow gab der Tasche einen leichen Klaps und Franjean verstummte augenblicklich. Willow streckte den Arm aus und tauchte ein Tuch in die Milch. Ein frecher, etwa zehnjähriger Junge schaute ums Eck und schnitt ihm Grimassen. Willow tat so, als beachte er ihn gar nicht. Er nahm das mit Milch getränkte Tuch und zog sich unter die Treppe zurück. Elora Danan begann sofort gierig an dem Tuch zu saugen. In diesem Moment kam der Junge mit einem Satz unter die Treppe gesprungen und starrte Willow höhnisch an. Sein Mund öffnete sich, gleich würde er Alarm schlagen. Erschrocken fuhr Willow hoch und machte einen Satz nach hinten, stürzte mit dem Rücken gegen eine morsche Plankenwand; eine der Holzplanken gab knirschend nach, und Willow fiel durch die Wand.

Er landete in einem Schlafzimmer, dicht neben einem zerwühlten Bett, richtete sich auf, spähte über den Bettrand hinweg und entdeckte zwei Frauen, die sich in panischer Hast ankleideten.
»Beeil dich! So beeil dich doch. Er kommt schon«, rief die eine, ein hübsches Mädchen mit üppigem Busen. Verängstigt sah sie aus dem Fenster. Die andere Frau, die ein Tuch über ihren Haaren trug, schmierte sich dick Make-up und Puder ins Gesicht.
»Na, wie seh ich aus«, erkundigte sie sich mit rauher, tiefer Stimme.
Willow schoß wie ein Schachtelteufelchen in die Höhe. Das konnte doch nicht wahr sein. Das gab es doch gar nicht.
»Madmartigan!« rief er. »Nein! Nicht du schon wieder.«
Der »größte Schwertkämpfer aller Zeiten«, der in Frauenkleidung ein recht merkwürdiges Bild abgab, fragte scheinbar ungerührt: »Wo zum Henker kommst du denn her?«
»Ich wußte gleich, daß ich dir nicht hätte vertrauen dürfen.« Willow starrte Madmartigan anklagend an. Franjean spitzte vorsichtig aus Willows Tasche.
»Kenne ich dich nicht?« erkundigte er sich.
Madmartigan verzog angewidert das Gesicht. »Igitt, du hast ja Braunlinge bei dir.«
»Ich *hasse* Braunlinge«, kreischte das hübsche Mädchen.
In diesem Moment knallte donnernd die Tür zum Schlafzimmer auf und ein großer, bösartig aussehender, betrunkener Kerl kam hereingestürmt.
»Wo ist er?« brüllte der Mann.
Madmartigan wickelte schnell ein Tuch um seinen Hals. Das Mädchen

machte einen unschuldig wirkenden Knicks.
»Hier ist niemand, außer mir und meiner, äh, Cousine.« Zu Madmartigan gewandt sagte sie: »Liebe Hilda, darf ich dir meinen Ehemann Llug vorstellen.«
»Hilda?« rief Willow fassungslos.
Mit seiner mächtigen Pranke wischte Llug seine Frau beiseite und glotzte Madmartigan mißtrauisch an, der kokett mit seinen kräftig bemalten Wimpern klimperte. Dazu kicherte er mit hoher Mädchenstimme.
»Wie geht es Ihnen?« fragte Madmartigan und senkte keusch den Blick. Llug schnüffelte an Madmartigans Parfümschwaden, dann fiel sein Blick auf Madmartigans äußerst üppig ausgestopfte Brust. Ein breites Grinsen machte sein Gesicht noch häßlicher. Er streckte eine Hand aus, um Madmartigan in den Busen zu kneifen, doch dieser wich geschickt aus und entriß Willow das Baby.
»He, gib mir sofort das Kind zurück«, schrie Willow.
»Diese Winzlinge sind furchtbare Kindermädchen«, beklagte sich Madmartigan.
»Kindermädchen?« Willow starrte fassungslos zu ihm hoch und versuchte mit wütenden Sprüngen an das Baby heranzukommen.
»Sie regen sich so schnell auf«, erklärte Madmartigan. Er schob Willow zur Seite und drückte das Baby gegen seinen riesigen Busen. Aus einer Ecke drang ein kleiner, dezenter Rülpser. Rool, der vorhin bei seiner Flucht vor der Katze in einen Bierkrug gestürzt war, kam völlig betrunken angeschwankt.
»Bitte um Entschuldigung«, murmelte er zwar undeutlich, aber äußerst höflich. »Darf man an der Party teilnehmen?«
Willow erwischte ihn mit einem Griff am Kragen und stopfte ihn in seine Tasche. Llug jagte inzwischen Madmartigan im Zimmer herum; endlich hatte er ihn in eine Ecke gedrängt und starrte ihn wollüstig an.
»Wollen wir uns nicht eine schöne Zeit machen?«
Seine winzigen Äuglein begannen zu funkeln.
»Nein, besten Dank«, lehnte Madmartigan bescheiden das großzügige Angebot ab. »Höchste Zeit zu gehen.« Er duckte sich, raste zur Tür, riß sie auf und stürzte hinaus. Sehr weit kam er allerdings nicht. Mehrere Nockmaar-Soldaten packten ihn und schoben ihn mit kräftigem Schwung ins Zimmer zurück. Die dunklen Uniformen, die schwarzen Rüstungen – es war, als wäre mit einem Schlag ein eiskalter Wind ins Zimmer gefahren.

Das Baby ist in Gefahr

Die Soldaten drängten Madmartigan, Willow, Llug und dessen Frau gegen die Wand und bewachten sie. Die ganze Taverne wurde von oben bis unten durchsucht. Verängstigten, zitternden Müttern wurden die Babys abgenommen und einer genauen Inspektion unterzogen. Da kam Sorsha, Bavmordas Tochter, den Gang entlanggestürmt. Sie stürzte auf Madmartigan zu, der das Baby an seinen falschen Busen drückte.

»Du«, sagte Sorsha heftig, »bist du die Mutter dieses Kindes?«

Madmartigan schielte aus den Augenwinkeln zu Llug hinüber. Im Moment waren die Soldaten sein kleinstes Problem.

»Ja«, versicherte er mit hoher Stimme. »Ja, natürlich.«

»Laß mich sehen«, befahl Sorsha und machte eine herrische Geste. »Gib mir das Baby!«

Willow, der die ganze Zeit über bemüht war, die lärmenden Braunlinge in seiner Tasche zum Schweigen zu bringen, baute sich vor Madmartigan auf: »Nein, gib's ihr nicht!«

Sorsha fegte Willow mit einem Fußtritt beiseite. »Ich habe dir einen Befehl gegeben, Frau. Ich bin es nicht gewohnt, etwas zweimal zu sagen.« Sie griff nach dem Kind. Madmartigan versetzte ihr einen Stoß mit dem Ellbogen, daß sie zurücktaumelte. Sofort sprangen die Soldaten herbei. Der Dolch von Sorshas Leutnant zeigte genau auf Madmartigans Hals. Sorsha rammte ihr Schwert wie einen Speer in den Fußboden und riß sich den Helm vom Kopf. Ihr langes, rotes Haar ergoß sich über ihre Schultern. Madmartigan war von ihrer Schönheit schier geblendet.

»Meine Güte ...«, murmelte er. »Du bist wunderschön.«

»Und du bist sehr stark«, sagte Sorsha mißtrauisch.

»Danke.« Madmartigan deutete einen bescheidenen Knicks an. Sorsha trat näher und musterte ihn aufmerksam. »Du bist keine Frau«, sagte sie ruhig.

»Keine Frau?!« schrie Llug empört.

»Meine Dame, meine Herren«, sagte der verkleidete Schwertkämpfer höflich, »darf ich Ihnen Llug vorstellen?«

Gleichzeitig duckte er sich, um Llugs Ansturm und dessen geballter Faust zu entgehen, der statt dessen Sorshas Leutnant traf. Augenblicklich war die Hölle los. Alle versuchten sich gemeinsam auf den vor Wut bebenden Mann zu stürzen. Madmartigan klemmte sich das Baby unter den Arm und hechtete zum Fenster hinaus. Sorsha wollte ihm nach, aber Llug und der Leutnant rollten engumschlungen und aufeinander einprügelnd über den Boden. Sie stürzte

zu Boden; Willow nützte das Getümmel und sprang ebenfalls aus dem Fenster.
»Ihnen nach!« rief Sorsha, sich mühsam wieder aufrappelnd.

Madmartigan hatte Glück. Vor der außen um das Gebäude laufenden Balustrade hing über einem Stützbalken ein Seil. Er packte es und schwang sich auf den unten stehenden Wagen. Das am anderen Ende des Seils befestigte Faß sauste hoch in die Luft und krachte zu Boden, als er das Seil wieder losließ. Einer der beiden Arbeiter konnte gerade noch ausweichen. Madmartigan setzte das Baby in den Wagen, schnappte sich die Zügel und begann das Pferd anzutreiben.
»Madmartigan! Warte!« brüllte Willow. Er rannte oben auf der Balustrade entlang und sprang mit dem Mut der Verzweiflung in den anfahrenden Wagen. Franjean und Rool purzelten aus seiner Tasche und fingen sogleich an, sich lautstark zu beschweren.
Einige Soldaten versuchten ebenfalls in den Wagen zu springen, aber sie kamen zu spät und landeten im tiefen Schlamm. Im allgemeinen Chaos gelang es Madmartigan schließlich, Pferd und Wagen auf die Straße zu lenken.

»Halt! Langsamer!« schrie Willow. »Bist du verrückt?«
Madmartigan steigerte noch das Tempo. Der Wagen tanzte auf der schlechten Straße hin und her, drohte jeden Moment umzukippen. Willow kroch unter den Sitz, wo eine Kiste mit Stroh stand. Vorsichtig bettete er das Baby hinein. Er schimpfte leise, als er sich dabei auf dem rüttelnden, springenden Wagen ein paarmal den Kopf anschlug. Weiter hinten wurde Rool hin und her geschleudert, während Franjean sich an ihm festzuklammern suchte.
»Halte an, Madmartigan«, flehte Willow. »Du bringst uns noch alle um.«
Doch er kümmerte sich nicht darum, sondern trieb das Pferd immer schärfer an, während die Verfolger unaufhaltsam näherrückten. Es dauerte nicht mehr lange, da jagten zwei Reiter dicht neben dem Wagen dahin. Mitten im Galopp hob sich der eine aus dem Sattel und hechtete auf den Wagen. Der andere legte einen Pfeil an und spannte den Bogen. Die Spitze des Pfeils zeigte genau auf Madmartigans Kopf.
»Vorsicht!« schrie Willow in letzter Minute. »Paß auf!«
Madmartigan ließ die Zügel los und kippte nach hinten weg. Der Pfeil surrte von der Sehne und traf den anderen Landsknecht. Madmartigan packte eine der Holzstreben des Wagens und fegte damit den verwundeten Landsknecht herunter. Mit einem dumpfen Laut landete er im Schlamm.
Der Wagen machte einen Satz zur Seite, fuhr auf den Reiter zu, der

eben seinen zweiten Pfeil angelegt hatte. Madmartigan wirbelte die Holzlatte über dem Kopf herum und schlug dem Angreifer den Bogen aus der Hand. Mit einem wilden Aufschrei sprang der Landsknecht auf den Wagen. Ein wilder Kampf entbrannte.

Willow versuchte die baumelnden Zügel zu fassen zu bekommen. Er war so sehr damit beschäftigt, daß er die dicke Baumwurzel, die sich quer über die Straße zog, gar nicht bemerkte. Der Wagen donnerte geradewegs darauf zu. Plötzlich bekamen die Räder einen furchtbaren Schlag, der Wagen flog durch die Luft, und Willow landete vorn zwischen den beiden Geschirrstangen. Bäuchlings lag er da und klammerte sich fest; dicht vor ihm die fliegenden Hufe des galoppierenden Pferdes. Benommen schloß Willow für einen Moment die Augen, schob sich dann millimeterweise zurück, ständig in Gefahr, unter den bockenden, springenden Wagen zu geraten und von den schweren Rädern überfahren zu werden.

Endlich hatte er es geschafft und zog sich mühsam auf den Sitz hinauf. Fast wäre er gleich darauf wieder heruntergekippt, als sich urplötzlich vor ihm ein riesiger Soldat aufrichtete und mit einer Lanze nach ihm stach. Willow krümmte sich zusammen; seine tastenden Finger erwischten einen neben der Werkzeugkiste liegenden hölzernen Schlegel. Mit aller Kraft holte er aus und knallte den Schlegel dem überraschten Soldaten zwischen die Beine. Der Landsknecht brüllte auf und fuhr senkrecht in die Höhe. Er hatte den Mund noch nicht wieder geschlossen, da hatte ihn ein tiefhängender Ast auch schon vom Wagen gefegt.

Mit einer letzten, verzweifelten Anstrengung gelang es Madmartigan, seinen Gegner zurückzuwerfen und sich seitlich wegzurollen. Sofort war er wieder auf den Beinen, trieb den Soldaten mit zwei, drei mächtigen Schlägen vor sich her und beförderte ihn schließlich mit einem kräftigen Schleudergriff über den Wagenrand. Aber die Gefahr war noch längst nicht vorüber. Ein zweirädriger Streitwagen fuhr jetzt dicht hinter ihnen her. Gerade richtete sich der Fahrer auf und packte die Zügel mit den Zähnen. Mit ausgestrecktem Arm begann er über seinem Kopf eine tödliche Waffe zu wirbeln, deren Radius sich immer mehr vergrößerte: ein Lederriemen, an dessen Ende scharfe Klingen befestigt waren. Drohend zischten die Messer dicht über ihren Köpfen dahin. Während Franjean und Rool benommen im hinteren Teil des Wagens herumtaumelten und gar nichts von der neuen Bedrohung mitbekamen, warfen sich Madmartigan und Willow auf den Wagenboden. Willow hing halb vor

Rechts: Willow während der Überfahrt zu der Insel, auf die Fin Raziel von Bavmorda verbannt wurde.

Fin Raziel als pelziges Wesen (links). Zurück von der Insel, werden sie von Bavmordas Leuten gefangengenommen (rechts, oben und unten).

Immer höher hinauf geht der Weg zum Lager der Nockmaar-Truppen. Madmartigan trägt Willow, dem längst die Kräfte schwanden, auf den Schultern. Fin Raziel sperrte man in einen

Käfig, der mit einem Holzstab an einem Wagen befestigt wurde. Es ist bitterkalt. Unerbittlich werden sie von Sorscha und Kael, dem General mit der Totenkopfmaske angetrieben.

Nachdem sie die Nacht als Gefangene im Camp der Nockmaar-Truppen verbracht haben, versuchen sie zu fliehen. Madmartigan zeigt, was in ihm steckt...

In rasendem Tempo geht die Fahrt an den verdutzten Angreifern vorbei immer weiter abwärts auf einen gewaltigen Abgrund zu . . .

dem Sitz; endlich bekam er mit den Fingerspitzen die pendelnden Zügel zu fassen. Sofort riß er kräftig daran. »Brrrr!« schrie er. »Brrrrr! Ganz ruhig!«

Das Pferd stemmte die Hinterbeine ein und stieg vorne hoch. Der Wagen hielt ruckartig. Der Streitwagen, der nicht mehr bremsen konnte, flog förmlich an ihnen vorbei. Willow tauchte unter den Sitz, um nach dem Baby zu schauen.

»Bist du wahnsinnig geworden?« schrie Madmartigan ihn an. »Was soll das denn?«

Der Streitwagen stoppte, machte eine scharfe Kehrtwendung und kam wieder auf sie zugerast.

»So lange Elora dabei ist, wird hier nicht so durch die Gegend gerast«, erklärte Willow. »Wir steigen aus.«

Madmartigan gab ihm einen Stoß, der ihn nach hinten beförderte und schlug mit den Zügeln auf das Pferd ein. Schnurstracks donnerte er auf den entgegenkommenden Streitwagen zu.

Im allerletzten Moment riß der Fahrer seinen Wagen zur Seite. Madmartigan erwischte ihn mit dem Speerschaft am Kopf. Der Streitwagen kam ins Schleudern, überschlug sich und knallte gegen einen Baum.

»*Jetzt* halten wir, Winzling«, sagte Madmartigan gelassen.

Links: Sorsha blickt verwirrt den Fliehenden hinterher, während sie in ihrem Innersten die ersten Zweifel verspürt.

Willow holte das weinende Baby unter dem Sitz hervor und sprang mit ihm zu Boden. Die Braunlinge stürzten sich ebenfalls aus der für sie gewaltigen Höhe vom Wagen.

»Was für ein dämlicher Daikini«, sagte Franjean voller Verachtung.

»Nie wieder wirst du dieses Kind in eine solche Gefahr bringen«, sagte Willow streng. »Hast du verstanden?«

Madmartigan lächelte. »Und hast du verstanden, daß ich eben das Leben dieses Kindes gerettet habe?« Er trat vor, versetzte dem Pferd einen derben Schlag und stieß dazu einen anfeuernden Ruf aus. Sofort trabte das Pferd an und galoppierte, den Wagen hinter sich herziehend, die Straße entlang. Madmartigan drängte Willow in einen Graben. Mit dem Gesicht nach unten legten sie sich flach hin. Franjean folgte ihnen mit einem Satz. Rool, immer noch ganz benommen, drehte sich verwirrt um: »Wo bin ich? Was ist geschehen?«

Sorsha, das rote Haar inzwischen wieder unter dem Helm verborgen, kam mit ihren Truppen vorbeigedonnert. Rool wurde wie ein welkes Blatt in den Graben gewirbelt,wo er erschöpft liegenblieb.

Willow sah dem Reitertrupp nach. »Ich wußte gleich, daß ich dir nicht hätte trauen dürfen, Madmartigan«, meinte er bitter. »Du hast mir dein Ehrenwort gegeben, daß du auf Elora Danan aufpaßt.«

»Aber das hab' ich doch«, protestier-

te Madmartigan. »Ich wurde angegriffen, von einem riesigen, haarigen, bösartigen, stinkenden Zyklopen.«
»Ich stinke nicht«, erklärte Franjean würdevoll.
Rool, dessen Lebensgeister allmählich wieder erwachten, mischte sich eifrig ein. »Franjean hat das Baby gestohlen, während er damit beschäftigt war – «
»Raus hier! Verschwinde!« sagte Madmartigan drohend. Er stampfte kräftig auf, und Rool fiel vor Schreck auf den Rücken.
»Du bist kein Ehrenmann.« Willow schüttelte nachdrücklich den Kopf.
Madmartigan lachte verächtlich auf. »Ich war einst der edelste Ritter des Königreiches Galladoorn.« Er griff nach einem Stock und wirbelte ihn wie ein Schwert herum; der Stock entglitt ihm und fiel zu Boden.
»Du bist rücksichtslos«, stellte Willow fest. »Und fahrlässig.«
Franjean half Rool auf die Beine.
»Und verantwortungslos«, sagte er.
»Und gefährlich«, ergänzte Rool.
»Das brauche ich mir nicht bieten lassen«, meinte Madmartigan. »Ich mache mich auf den Weg. Wird höchste Zeit, daß ich ein paar Leute von meiner Größe finde.« Er beugte sich zu dem Baby herab. »Leb wohl, mein Schatz.«
Er kitzelte das Kind, das ihn trotz aller überstandenen Aufregungen vergnügt ansah. Dann warf er Elora eine Kußhand zu, drehte sich abrupt um und marschierte los.
Der Wind trug aus der Ferne das Heulen von Hunden herüber. Madmartigan hielt an und rief über die Schulter zurück: »Du verschwindest hier besser, bevor Bavmordas Leute zurückkommen, Willow!«
Dann wandte er sich endgültig ab. Rool bekam vor Aufregung einen Schluckauf und kippte um.
»Los, steh auf. Nimm Haltung an«, kommandierte Franjean.
Willow blickte von dem Baby zu der sich langsam entfernenden Gestalt Madmartigans und zurück.
»Wir brauchen ihn nicht, Elora«, sagte er leise.
Das Baby begann leise zu schluchzen. Willow versuchte es zu besänftigen, aber das Schluchzen wurde nur noch stärker.
»Also gut, du hast gewonnen«, murmelte er. »Aber jetzt bist du still, ja?«
Er packte sie und rannte mit ihr durch das hohe Gras.
»Madmartigan, warte. Warte doch!«
Madmartigan drehte sich um, ohne sein Tempo zu verringern. »Was willst du noch, Willow. Ich dachte, du hast kein Vertrauen mehr zu mir.«
»Hab' ich auch nicht. Aber wir brauchen deine Hilfe.«
»Meine Hilfe? Ein großer Zauberer wie du?«
Er lachte höhnisch auf. »Wozu könntest *du* meine Hilfe brauchen?«
»Du bist ein großer Krieger und Schwertkämpfer, und außerdem bist du dreimal so groß wie ich«, rief Willow.

Madmartigan blieb stehen und wartete, bis er ihn eingeholt hatte.
Ganz in der Nähe bellten Hunde, brüllten Soldaten. Madmartigan warf sich in den Dreck und riß Willow mit sich. Franjean und Rool kamen angekeucht und gingen ebenfalls in Deckung. Alle blieben sie still liegen.
»Hör zu, es tut mir leid, daß ich wütend geworden bin«, flüsterte Willow. »Ich weiß, daß wir vorhin ohne dich nicht entkommen wären.«
Mit zusammengekniffenen Augen blinzelte Madmartigan dem Baby zu und streichelte es behutsam.
»Richtig. Aber erwarte bloß nicht, daß ich euch noch mal helfe.«
Das Hundegebell entfernte sich langsam. Willow atmete erleichtert durch. Franjean und Rool sprangen auf. Rool deutete mit seinen Armen in verschiedene Richtungen.
»Dorthin!«
»Nein, wir gehen über *diesen* Hügel zum See«, erklärte Franjean.
Madmartigan, der hinter Willow ging, rief sofort: »O nein – das ist die Richtung, in die *ich* gehe!«
Er schob sich an Willow vorbei und übernahm die Führung.
»Also gut, bis zum See könnt ihr bei mir bleiben. Aber damit hat sich's. Ich hoffe, ihr wollt nicht weiter mit nach Süden.«
»Nein, nein«, antwortete Willow hastig. »Auf keinen Fall weiter als bis zum See.«
»Gut.« Madmartigan wandte sich in scharfem Ton an die Braunlinge. »Ich hab' Hunger. Los, lauft und sucht mir etwas. Auf der Stelle!«
Die Braunlinge huschten davon und nahmen einen gebührenden Sicherheitsabstand ein. Franjean warf sich in Positur: »Wir haben keine Angst vor dir!«
Madmartigan sah Willow vorwurfsvoll an, als wäre er an allem schuld, und murmelte: »Undankbare kleine Wichte ...«

Die Reise ging weiter.

In Bavmordas Gemächern

Während Madmartigan, Willow und die beiden Braunlinge ihren Marsch zum See fortsetzten, ging Königin Bavmorda in ihrem Thronsaal, der mehr einem düsteren, unheimlichen Gewölbe glich, unruhig auf und ab. Ihre Schritte hallten von den hohen Steinmauern zurück. Ihr weites, wallendes Gewand rauschte bei jeder Bewegung, die sie machte. Die scharlachroten Streifen ihrer Ärmel blitzten grell auf, als sie mit einer heftigen Bewegung die Arme übereinanderschlug.

Ein Druidenpriester mit langem grauen Bart und dunkler Kutte, der neben ihr stand, verharrte regungslos. Unzählige Kerzen warfen ihr flackerndes Licht durch den Raum und malten gespenstische Schatten an die Wände.
Bavmorda ging einige Schritte auf eine Art Altar zu, der mitten im Saal aufgebaut war, fuhr aber sofort herum, als General Kael mit zwei Landsknechten eintrat.
»Was ist, hast du das Kind gefunden?«
General Kael kniete ehrfurchtsvoll nieder. Seine Kampfmaske mit dem Totenkopf hatte er unter den Arm geklemmt.
»Die Suche geht weiter, meine Königin.«
Kaels tiefliegende Augen in dem grobknochigen, brutalen Gesicht waren demütig auf Bavmorda gerichtet. Er senkte den Kopf.
Sie wandte sich ärgerlich ab, beide Arme gebieterisch gen Himmel gereckt. »Ich verfüge über nahezu alle Kräfte dieser Welt; die gewaltige Macht meiner riesigen Armee stelle ich dir zur Verfügung, und du bist nicht dazu in der Lage, dieses Kind zu finden!«
Es wurde sehr still in dem Gewölbe. Der Druidenpriester wagte nicht, sich zu rühren, die goldenen Helme der Leibwache glänzten matt, als Bavmorda schnell an ihnen vorbeischritt.
Kaels Stimme klang heiser und gepreßt: »Wir suchen ständig weiter, auch jetzt in diesem Augenblick. Es kann nicht mehr lange dauern.«
Bavmorda wirbelte herum, als hätte sie nur auf diese Antwort gewartet. Mit langen Schritten kam sie auf ihn zu: »Finde das Kind!« Ihr Gesicht verzerrte sich, ihre Hand holte weit aus und schlug in sein Gesicht. »Finde den Balg!« kreischte sie. »Die Zeit läuft ab.«
Kael senkte den Blick.
»Ich werde alles tun, was in meiner Macht steht, meine Königin«, murmelte er.
»Und wenn das nicht genug ist«, sagte Bavmorda kalt, »dann wirst du es mir büßen müssen!«
Sie würdigte ihn keines weiteren Blickes und eilte mit wehenden Gewändern davon.

Fin Raziel – die verbannte Zauberin

Die Braunlinge hatten sich an das Feuer gedrängt, um es schön warm zu haben. Sie schliefen sehr unruhig, schnarchten, grunzten und rollten hin und her. Rool begann im Schlaf mit den Armen um sich zu schlagen, bis er Franjean ins Gesicht traf, der sofort aufwachte, ihn heftig beschimpfte und gleich darauf wieder einschlief.
Madmartigan entledigte sich endlich seiner Frauenkleider. Mit kräftigen Händen zerriß er den Stoff und bastelte sich daraus eine Art Lendenschurz und einen Kittel. Als er damit fertig war, beobachtete er Willow, der sich um das schlafende Baby kümmerte.
»Sie ist recht hübsch, wenn sie schläft«, meinte Madmartigan.
»Sie ist immer hübsch«, widersprach Willow. Leise fügte er hinzu: »In Wirklichkeit ist sie eine Prinzessin, weißt du.«
»Ja, ja, ich weiß. Und du bist ein großer Zauberer, und ich bin der König von Kaschmir. Leg dich schlafen.«
Madmartigan drehte sich um und schloß die Augen.
»Gute Nacht, Madmartigan«, sagte Willow. Er sah sich nach allen Seiten um, als hätte er Angst, beobachtet zu werden. Dann holte er die *Magische Wand* hervor, die er von Cherlindrea im Zauberwald bekommen hatte. Eine Weile betrachtete er sie von allen Seiten, dann konnte er der Versuchung nicht länger widerstehen. Er hielt sie dicht vor sein Gesicht, als müßte er sie genau im Auge behalten, und schüttelte sie leicht. Dazu flüsterte er einige Zauberworte.
Nichts passierte, nichts veränderte sich. Er griff die Wand fester und schüttelte sie einmal kurz und kräftig. Urplötzlich zuckte aus dem Nichts ein blendender Blitz auf. Grelle Lichtfinger griffen nach Willow und schleuderten ihn mit einem Knall durch die Luft. Ruckartig fuhr Madmartigan aus seinem leichten Schlaf in die Höhe.
»Willow?« Verwirrt blickte er sich um. »WILLOW?«
Dann sah er nach oben. Sein Gesicht verzog sich zu einem Grinsen. Willow klebte förmlich an einem überhängenden Ast.
»Ah, da bist du ja. Gute Nacht, Kleiner.«
Willow beobachtete fassungslos, wie Madmartigan sich seelenruhig umdrehte und wieder einschlief.

*

Den ganzen Vormittag waren sie durch die wilde, zerrissene Landschaft marschiert; Rool und Franjean vorneweg, gefolgt von Willow mit dem Baby und Madmartigan.

Gegen Mittag rasteten sie bei einem grandiosen Wasserfall, der sich aus großer Höhe in die Tiefe stürzte. Das gleichmäßige Rauschen und Donnern der Wassermassen hörte sich gewaltig an.
Madmartigan hielt Elora auf den Knien, gab alberne Laute von sich und ließ es an einer Wurzel saugen.
»Was machst du da?« fragte Willow aufgeregt.
»Ich hab' ein paar Schwarzwurzeln gefunden«, sagte er gelassen. »Sie ist ganz verrückt danach.«
»Schwarzwurzeln?« Willow schlug sich fassungslos mit der Hand gegen die Stirn. »Ich bin Vater von zwei Kindern. Du darfst niemals einem Baby Schwarzwurzeln geben! NIEMALS!«
»Meine Mutter hat uns mit Schwarzwurzeln großgezogen.« Madmartigan schaute Willow leicht gekränkt an. »Davon kriegt man Haare auf der Brust. Stimmt's, Elora?«
Er biß ein ordentliches Stück von der Schwarzwurzel ab.
»Sie ist die zukünftige Königin von Tir Asleen. Und das letzte, was sie sich wünschen würde, wären Haare auf der Brust!«
Als müßte er seinen Worten noch zusätzlich Nachdruck verleihen, entriß Willow Madmartigan die Schwarzwurzel und schleuderte sie in hohem Bogen davon.
»Wir gehen weiter«, bestimmte er.
Madmartigan sah ihn verblüfft an.
»Los, Aufbruch«, kommandierte Franjean und gab Rool einen kräftigen Schubs. Sie machten sich auf den Weg, und Madmartigan folgte ihnen widerwillig.

Es war ein mühsamer Anstieg durch unwegsames Gelände bis zum nächsten Hügelkamm. Oben blieben alle wie angewurzelt stehen. Unter ihnen lag der See, und mitten im See erhob sich eine Insel.
Franjean und Rool deuteten fast gleichzeitig nach unten: »Da ist die Insel«, sagten sie im Chor.
»Wir haben's geschafft.« Willow seufzte erleichtert.
»Dort bekommen wir ein Boot«, sagte Franjean.
Über eine steile Klippe kletterten sie zu dem Dorf am Rande des Sees hinunter, das aus einem halben Dutzend verfallener Hütten bestand. Nirgendwo war jemand zu sehen, alles wirkte seltsam und unheimlich. Während sie zwischen den Hütten herumstöberten, machte sich Madmartigan auf die Suche nach irgend etwas Verwertbarem, ohne fündig zu werden.
»Wie auch immer«, meinte er scheinbar gleichgültig. »Auf alle Fälle habe ich euch gut hierher gebracht.«
»Du?« Franjean richtete sich empört auf.
»Was hast du getan, du dämlicher Daikini? Nichts weiter, als dich an uns dranzuhängen und unser Essen wegzufuttern.«
»Essen, essen, essen«, echote Rool, »immer nur essen!«

»Ich werde gleich *euch* essen, ihr kleinen ...«
Er faßte nach Franjean, der jedoch mit einem Satz auswich und blitzschnell auf eine Hütte kletterte, von wo er alle nur erdenklichen Schimpfwörter auf ihn herabschleuderte.
Rool kletterte ihm hinterher und schimpfte ebenfalls auf Madmartigan herab, der mit grimmigem Gesicht versuchte, die beiden Braunlinge einzufangen.
In diesem Moment rief Willow aus einiger Entfernung:
»Ich habe ein Boot gefunden! Wir haben es geschafft!«
Er setzte das Baby ab und begann das Boot auf seine Tauglichkeit zu untersuchen.
»Gut«, sagte Madmartigan, »dann geh mit diesen beiden heimtückischen Wichten und mach mit ihnen was du willst. Ich werde nun wieder meine eigenen Wege gehen.«
Er kniete neben Elora Danan nieder und strich ihr zärtlich über die roten Locken.
»Leb wohl, Kleines«, murmelte er vor sich hin. Dann sah er sich nochmals um, packte seine Sachen zusammen und marschierte los.
»Madmartigan«, rief Willow ihm hinterher.
»Was ist?« Madmartigan blieb ein letztes Mal stehen.
»Danke«, sagte Willow leise.
Madmartigan winkte ihm lässig zu und machte sich dann endgültig auf den Weg.
»Er wird mir fehlen«, erklärte Rool bedauernd.
»Mir auch«, meinte Franjean, »es war immer so herrlich, ihn zu ärgern.«

*

Willow vergewisserte sich, daß Elora Danan bequem lag. Dann stemmte er sich kräftig gegen das Boot und begann es ins Wasser zu schieben.
»Was tust du da?«
Willow schaute auf. Ein schöner Junge mit goldenen Haaren war aus dem See aufgetaucht und stand nun bis zur Hüfte im Wasser.
Franjean und Rool bauten sich sofort rechts und links von Elora auf, um sie gegen mögliche Gefahren zu verteidigen.
»Ich borge mir dieses Boot aus«, sagte Willow, nachdem er sich von seiner Überraschung erholt hatte. »Ich will damit zu der Insel fahren.«
»Aber diese Insel ist verflucht«, sagte der Junge. »Geh nicht dorthin!«
»Verflucht?« fragte Willow.
»Ja, hüte dich vor dem See«, warnte er.
»Aber die Legende erzählt nichts von einem Fluch«, protestierte Franjean.
Der Junge lächelte unschuldig. »O doch, der ganze See ist verflucht. Königin Bavmordas magische Kräfte haben hier alles in ihrer Gewalt.«
»Fin Raziel ...«, begann Willow, doch da verschwand der Knabe genauso plötzlich wieder, wie er aufgetaucht war. Nur ein kleiner Stru-

del verriet die Stelle, wo eben noch sein braungebrannter Oberkörper aus dem Wasser geragt hatte.
»Cherlindrea hat nichts von einem Fluch gesagt«, wunderte sich Rool.
»Ich glaube, wir sollten auf seine Warnung hören«, meinte Willow nachdenklich. »Wir sollten besser nicht hinausfahren.«
Franjean schob Rool mit dem Ellbogen aus dem Weg.
»Das war doch bloß ein komischer Junge, nichts weiter. Kümmere dich am besten gar nicht um ihn. Fin Raziel ist eine sehr mächtige Zauberin, du *mußt* ihr die *Magische Wand* bringen.«
»Sie wird uns alle retten«, meinte Rool hoffnungsvoll.
Alle sahen hinüber zu der Insel. Nur die Spitzen der Bäume waren erkennbar; der Rest war in dunkle, wogende Nebelschwaden gehüllt.
»Ich möchte Elora nicht mitnehmen. Es ist zu gefährlich.«
»Du hast recht«, stimmte ihm Franjean sofort zu. »Laß sie lieber hier am Ufer.« Er gab Rool einen kleinen Rippenstoß. Beide sahen sich verschmitzt an.
»Ja«, sagte Rool, »wir verzichten ebenfalls darauf, mit zur Insel zu kommen. Wir werden hierbleiben und auf Elora Danan aufpassen.«
Franjean tat so, als hielte er nach möglichen Feinden Ausschau.
Willow brachte das Baby in eine Hütte. Er beugte sich tief über sie und gab ihr einen Kuß.
»Alles in bester Ordnung, mein kleiner Engel. Schlaf jetzt schön. Wenn du wieder aufwachst, bin ich mit der großen Zauberin Fin Raziel zurück, und alles wird gut.«
Doch er schien sich seiner Sache gar nicht so sicher zu sein.
Franjean und Rool suchten Stöcke, die sie als Speere verwenden konnten und salutierten damit zackig, als Willow ihnen düster zunickte und ins Boot stieg.
»Mach dir keine Sorgen«, rief Franjean ihm nach. »Wir passen schon auf.«

Der See hatte sich verändert; jetzt war er nicht mehr hell und strahlend wie zuvor, sondern wirkte dunkel und trübe. Das blaue Wasser verfärbte sich, sah aus wie geschmolzenes Blei. Es schien an den Rudern zu saugen, sie in die Tiefe ziehen zu wollen, so daß Willow sie nur noch mit größter Anstrengung bewegen konnte. Er war völlig erschöpft, als sich endlich der Bug des Bootes knirschend auf den Strand der kleinen Insel schob.
Auch das Wetter hatte sich während des mühsamen Übersetzens verändert. Dunkle Gewitterwolken türmten sich drohend am Himmel. Wo eben noch am Festland der aufkommende Sturm wirbelnden Sand gegen die Hütte geschleudert hatte, sah er jetzt nur noch eine wogende, graue Wand.
Auf der Insel selbst herrschte eine

unheimliche Stille. Willow schüttelte die Beklemmung ab, die ihn plötzlich überfiel, und ging den Strand hinauf, vorbei an den Überresten einiger Skelette.
»Fin Raziel? Hallo! Wo bist du? Zeig dich. Ich brauche deine Hilfe.«
Als einzige Antwort war aus der Ferne das Heulen des Sturmes zu hören. Willow ging, nach allen Seiten Ausschau haltend, weiter, blieb schließlich stehen, den Rücken gegen einen großen Baum gelehnt.
»Fin Raziel?« Seine Stimme klang schwach und mutlos. Was sollte nur werden, wenn er sie nicht fand?
»Geh weg! Was willst du hier? Bist du denn wahnsinnig?« sagte da auf einmal eine Stimme.
Willow machte einen Satz und sah sich entsetzt um.
»Wer ... wo ...?« stotterte er verwirrt.
Ein heftiges Zischen direkt über ihm ließ ihn aufblicken. Ein kleines, eichhörnchenartiges Wesen mit langem, buschigen Schwanz hing auf einem weit ausladenden Ast des Baumes, an dessen Stamm er eben noch gelehnt hatte, und zeigte ihm seine blitzenden weißen Nagezähnchen.
»Geh weg«, zischte das Tierchen, »wer bist du überhaupt?«
»Ich heiße Willow Ufgood. Ich bin hierher gekommen, um die große Zauberin Fin Raziel zu suchen und um Hilfe zu bitten.«
Das Pelztierchen fuhr sich mit seinen possierlichen kleinen Vorderpfoten über den Kopf. »Du hast sie gefunden. *Ich* bin Fin Raziel.«
»Nein«, rief Willow ungläubig. »Das kann nicht sein.«
»Natürlich kann das sein«, fuhr Fin Raziel ihn an und wirbelte einmal um den Ast. »Das siehst du doch. Oder hast du keine Augen im Kopf? Bavmorda hat mich verzaubert und in diesen elenden kleinen Leib gesteckt, der mich all meiner Kräfte beraubt.«
Ihr buschiger Schwanz peitschte zornig durch die Luft.
»Und sie hat mich auch auf diese Insel verbannt, wo ich wahrscheinlich bis zum Ende meiner Tage werde ausharren müssen.«
»Aber die Legende sagt nichts davon, daß du – «
»Die Legende, die Legende«, unterbrach ihn das Tierchen ungnädig. »Weshalb bist du gekommen? Du weißt doch, daß du dein Leben riskierst, oder?«
Willow überging ihre Frage einfach und zog die *Magische Wand* hervor, die in der Finsternis glänzte und schimmerte.
»Diese *Magische Wand* ist für dich. Cherlindrea schickt sie dir.«
Mit einem wilden Kreischen sprang das Tierchen von seinem Ast direkt auf Willows Brust. Er spürte, wie sich die kleinen Klauen durch den Stoff in sein Fleisch bohrten, achtete aber kaum auf den Schmerz.
»Cherlindrea!« rief Fin Raziel mit hoffnungsfroher Stimme.
»Dann ist also die Prophezeiung in

Erfüllung gegangen? Die Prinzessin wurde geboren?«
»Ja, sie ist geboren worden«, sagte Willow ernst. »Und sie braucht deine Hilfe.«

Ein Schwarm Vögel stieg kreischend auf und flog davon. Der Himmel verfinsterte sich, immer bedrohlicher heulte der Sturm.
»Wo ist die Prinzessin?« fragte Fin Raziel.
»Sie ist dort, genau gegenüber, am anderen Ufer.«
Willow zeigte auf die Schaumkronen des Sees. Irgendwo hinter den jagenden Wolkenfetzen und der sprühenden Gischt mußte das Festland liegen.
»Verstecke die Wand«, schrie das kleine Wesen ängstlich, »Bavmorda weiß, daß du hier bist. Sie wird versuchen, dich zu vernichten! Und das Kind! Schnell in das Boot. Beeil dich. Wir müssen die Insel auf der Stelle verlassen!«
»Aber sieh doch ...« Willow deutete auf die sturmgepeitschten Wogen.
»Vertraue mir.« Fin Raziel richtete sich auf und drehte eine ungeduldige Pirouette: »Schnell in das Boot!«

Kampf auf Leben und Tod

Willow ruderte um sein Leben. Hart schlugen die Wellen gegen das kleine Boot, das wie eine Nußschale hin und her geworfen wurde. Mit aller Macht riß er an den Rudern, kämpfte gegen die entfesselten Naturgewalten, und spürte doch, wie seine Kräfte allmählich nachließen.
Würde er Kiaya und die Kinder je wiedersehen?
Waren sie alle dem Untergang geweiht?

Da schrie Fin Raziel plötzlich mit sich überschlagender Stimme: »Willow, paß auf!«
»Was ist denn?« rief Willow zurück. Sie befanden sich inmitten des Sees, von gewaltigen Wogen umgeben, das Festland war hinter einer grauen Wolkenwand verschwunden.
»Dort!« schrie Raziel und zeigte mit ihrer kleinen Pfote zum Bug, wo eben eine Hand auftauchte und sich der braungebrannte Jüngling, der Willow vor der Überfahrt gewarnt hatte, langsam über den Rand des Bootes zog.
»Hilfe! Willow! Er will uns töten!« kreischte Fin Raziel, »so unternimm doch endlich etwas!«
Willow ahnte nicht, welche Gefahr von diesem harmlos aussehenden

Jungen ausgehen sollte. Verwundert beobachtete er, wie dieser nun statt seiner Füße eine messerscharf geschliffene Flosse über den Bootsrand zog. Gleichzeitig gefror das Lächeln des Knaben zu einer grauenvollen Grimasse. Seine Augen waren blutunterlaufen, und als er langsam den Mund öffnete, blitzten darin haifischähnliche Zähne auf.
Willow zögerte nicht länger, schwang eines der Ruder durch die Luft und traf damit den Jungen in die Seite, worauf dieser einen seltsam fröhlich klingenden Laut von sich gab, als sei alles nur ein Spiel, dann über Bord sprang und blitzschnell auf der anderen Seite wieder auftauchte.
Nun hatte er sich vollends in ein gefährliches Monster verwandelt, das keine Ähnlichkeit mehr mit jenem Knaben von vorhin hatte. Sein Rachen klaffte weit auf und zeigte ganze Reihen dolchartiger Zähne; ein übler Fäulnisgestank drang aus seinem aufgerissenen Maul, mit dem er nun blitzschnell auf das winzige Boot einschlug.
Willow gelang es, dem Monster einen zweiten, scheinbar wirkungslos verpuffenden Schlag mit dem Ruder zu versetzen, dann gab es einen heftigen Ruck, der Bug des Bootes verschwand auf einmal wie weggezaubert, und Willow segelte in hohem Bogen über Bord.
Seine Füße verhedderten sich in einem alten Fischernetz, dessen Enden nun das Ungeheuer mit dem Maul packte und Willow damit rasend schnell in die Tiefe zog. Mit letzter Kraft tastete Willow nach seinem Messer, schnitt das Netz entzwei und kam gerade noch rechtzeitig zurück zur Wasseroberfläche, wo er begierig Luft in seine schmerzenden Lungen einsog und ihm beinahe die Sinne schwanden.
Fin Raziel, die sich mit letzter Mühe am übriggebliebenen Bootswrack festhielt, rief ihm etwas zu, doch Willow verstand sie nicht.
Inzwischen war auch das fürchterliche Monster zurück an die Wasseroberfläche geschwommen und verfolgte ihn. Willow erreichte in panischer Angst das Wrackteil auf dem Fin Raziel saß, zog sich mühsam zu ihr hoch, drehte sich um und sah, wie das Monster zu einem stürmischen, alles entscheiden wollenden Angriff ansetzte.
Wie in Trance griff Willow in seiner Tasche nach den magischen Eicheln, zog eine davon hervor, ließ sie versehentlich durch die klammen Finger fallen, bekam sie mit einem Aufschrei der Verzweiflung erneut zu fassen und wollte sie auf das Monster werfen, als auch schon dessen weit aufgerissenes Maul dicht vor ihm auftauchte, die gefährlichen Zähne zum Greifen nahe, und in letzter Sekunde fiel die Eichel mitten in den fürchterlichen Schlund hinein.
Augenblicklich ließ das Ungeheuer von ihm ab, drehte sich noch einmal um die eigene Achse, berührte dabei

mit seiner zu Stein gewordenen Haut Willow, verschwand schließlich lautlos in der Tiefe des Sees und blieb für immer verschwunden.

In der Gefangenschaft

Willow hätte beim besten Willen nicht sagen können, wie er an Land gekommen war. Er erinnerte sich noch an die Finsternis, das sinkende Boot, das Rauschen der Wogen, und an Fin Raziels helle, schrille Stimme.

Das erste, was danach wieder in sein Bewußtsein drang, war das fröhliche Lachen Elora Danans.

»Ich verstehe gar nicht, worüber sie sich so freut«, grollte Franjean. »Du hast das Boot absaufen lassen, wärst beinahe ertrunken, und zu allem Überfluß hast du nicht mal Fin Raziel mitgebracht. Wenn man nicht alles selber erledigt ...«

»*Ich* bin Raziel, du Wicht.« Ihre kleinen Knopfaugen musterten ihn verächtlich. »Sag's ihm, Willow. Und mach diesem Lümmel hier klar, daß er endlich aufhören soll an mir herumzufummeln.« Mit ihrer winzigen Pfote gab sie Rool einen Klaps auf die Hand.

Willow spuckte etwas Wasser aus, das er geschluckt hatte. »Darf ich vorstellen: Fin Raziel«, erklärte er müde.

»Warum ist sie denn so pelzig?« fragte Franjean.

»Für so eine große Zauberin ist sie ganz schön klein«, bemängelte Rool.

»Wenn ihr euch ausgequatscht habt, können wir uns vielleicht um die wesentlichen Dinge kümmern«, meinte Fin Raziel gelangweilt.

Franjean schüttelte den Kopf. »Ein sprechendes Eichhörnchen«, murmelte er. »Das hat uns gerade noch gefehlt.«

Die verwandelte Zauberin beachtete ihn nicht, sondern richtete sich auf, so hoch sie konnte, und betrachtete angespannt das Kind.

»Das ist also Elora Danan. Endlich werden sich Himmel und Erde wieder vereinigen. Ist sie nicht wunderschön?«

Ihr buschiger Schweif peitschte erregt über den Boden. »Willow, benütze die *Magische Wand.* Du mußt mir meine ursprüngliche Gestalt zurückgeben, damit ich über all meine Kräfte verfügen kann.«

Willow nickte. Endlich würde die große Verantwortung von seinen schwachen Schultern genommen werden.

»Gut. Sag mir, was ich zu tun habe.« Ungeschickt hielt er die *Magische Wand* in der Hand.

»Nun, sprich den Zauberspruch.«
Willow wurde unsicher. »Was für einen Zauberspruch?«
»Was für einen Zauber?« Fin Raziel sprang aufgeregt hin und her. »Du meinst, du weißt es nicht? Bist du denn kein Zauberer?«
»Nun ja, schon. Das heißt, eigentlich nicht. Jedenfalls kein richtiger.« Willow wurde sehr verlegen. »Im Grunde bin ich ein einfacher Bauer. Aber ich beherrsche einige Tricks und ...«
Fin Raziel starrte ihn fassungslos an, sprang senkrecht in die Höhe und rannte mehrere Male im Kreis herum. »Bauer! Tricks!« kreischte sie schrill. »Es ist nicht zu fassen! Einfach nicht zu fassen!«
»Ein hysterisches Eichhörnchen«, murmelte Franjean, der seine schlimmsten Befürchtungen bestätigt sah. »Meine Güte.«
»Sei still«, herrschte ihn Fin Raziel an. Sie drehte noch eine Runde und baute sich vor Willow auf. »Cherlindrea hat dich also geschickt? Und du bist nicht einmal ein Zauberer? Was hat sie sich nur dabei gedacht? Das ist doch der reinste Wahnsinn...«
»Sag du mir eben, was ich tun muß«, schlug Willow schüchtern vor. »Ich bin bereit zu lernen. So schwer wird es doch nicht sein.«
Raziel lachte schrill. »Nicht schwer? Hast du eine Ahnung, was passiert, wenn du den falschen Zauberspruch anwendest!« Sie schauderte.
»Es tut mir leid«, sagte Willow niedergeschlagen. Alles war umsonst gewesen. Es war seine Schuld. Hätte er sich mehr Mühe gegeben, dann hätte der Erhabene Aldwin ihn schon letztes Jahr als Lehrling aufgenommen, und er wüßte jetzt bereits all die...
»Nun gut, dann bleibt uns eben nur diese eine Chance.« Fin Raziel schien sich etwas zu beruhigen. »Du wirst es tatsächlich lernen müssen. Egal wie. Komm mit nach draußen.«
Er nahm Elora auf den Arm und folgte ihr vor die Hütte.

*

Beinahe hätte Willow das Kind fallen lassen. Vor ihm standen vier Reiter. Drei Nockmaar-Soldaten in schwarzen Rüstungen sahen ihn bedrohlich an. Auf dem vierten Pferd saß Madmartigan.
»Hallo, Winzling«, sagte er und bemühte sich trotz einer aufgeschlagenen Lippe um ein Lächeln. »Tut mir wirklich leid.«
Der Anführer der Soldaten, ein Sergeant, warf Madmartigan brutal aus dem Sattel. »Du hältst dein freches ungewaschenes Maul!«
Die beiden Braunlinge huschten zurück in die Hütte. Raziel flitzte ebenfalls davon. Ein Reiter verfolgte sie jedoch, erwischte sie am Schwanz, hob sie schwungvoll in die Luft und lachte hämisch.
Der Sergeant bohrte Madmartigan seinen Stiefel zwischen die Schulterblätter. Madmartigans Hände waren

auf dem Rücken zusammengebunden, sein Kleid hing ihm in Fetzen vom Leib, und blutige Striemen von Peitschenschlägen zogen sich über seinen Rücken.
»Siehst du? Ich habe dir doch gesagt, daß wir sie so oder so finden werden«, triumphierte der Sergeant, »du hättest dir einige Qualen ersparen können.«
Ein anderer Soldat galoppierte heran, riß sein Pferd herum und sprang ab. Schnell ging er auf Willow zu und wollte ihm das Baby entreißen, doch Willow wich zurück und sagte: »Nein, verschwinde. Laß die Finger von ihr! Niemand wird sie mir wegnehmen!«
Jetzt kam auch Sorsha in Begleitung einiger weiterer Soldaten hierhergeritten. Sie zeigte nicht die Spur einer Empfindung in ihrem schönen Gesicht, als einer der Soldaten Willow von hinten niederschlug, ihm Elora Danan entriß und sie ehrerbietig ihr entgegenhielt.
»Das ist das Kind, das wir gesucht haben«, sagte sie, nachdem sie Eloras Arm studiert hatte. »Bringen wir es zurück nach Nockmaar!«
Fin Raziel, die immer noch mit dem Kopf nach unten von dem Soldat in die Luft gehalten wurde, schrie mit gellender Stimme: »Bavmorda wird es nicht mehr verhindern können, daß die Prophezeiung in Erfüllung geht. Ihr Schicksal ist längst besiegelt!«
Sorsha ritt auf Raziel zu, zog ihr Schwert und drückte dessen Spitze leicht gegen ihr Genick.
»Du mußt es ja wissen«, sagte sie spöttisch. »Sieh dich doch an. Was bist du nur für eine armselige Kreatur. Dachtest du etwa, die Königin von Nockmaar würde dich entkommen lassen? Du wirst bei dem Ritual zur Auslöschung der Prophezeiung einen Ehrenplatz einnehmen.«
Sie gab dem Soldat ein kurzes Zeichen, worauf dieser Fin Raziel kopfüber in einen Sack steckte.
In diesem Augenblick bekam Madmartigan einen Schwächeanfall, taumelte zur Seite und wäre beinahe vor Sorshas Pferd gefallen.
»Hast du deinen Rock verloren?« fragte sie hämisch von oben herab.
Madmartigan wollte ihr eine passende Antwort geben, aber er war von ihrer Schönheit, die er nun ganz aus der Nähe betrachten konnte, so hingerissen, daß es ihm vollends die Sprache verschlug.
»Was machen wir mit ihr?« fragte der Soldat und deutete auf den Sack, in dem Fin Raziel steckte. »Sollen wir sie gleich hier...?«
Sorsha zögerte kurz. »Nein«, antwortete sie dann, »wir nehmen sie mit. Vielleicht weiß Bavmorda etwas mit ihr anzufangen, vielleicht hat das Baby ihr irgendwelche magischen Kräfte verliehen, die für das Ritual benötigt werden.«
Mit einem kurzen Druck ihrer Oberschenkel trieb sie dann ihr Pferd voran, so daß Madmartigan, der nicht

mehr rechtzeitig ausweichen konnte, rücklings in den Schlamm geschleudert wurde.

»Er wird uns zu Fuß folgen!« befahl sie mit harter, unbarmherzig klingender Stimme.

Das Lager der Nockmaar-Truppen

Franjean warf sich zu Boden, blieb mit ausgebreiteten Armen liegen. Sein Atem kam in kurzen, schnellen Stößen.

»Ich bin erschöpft. Völlig erschöpft.«

»Mit den Pferden können wir nicht mithalten«, keuchte Rool. »Niemals.«

Nachdem Bavmordas Leute mit ihren Gefangenen und Sorsha an der Spitze das öde Fischerdorf verlassen hatten, waren die beiden Braunlinge hinter ihnen her gerannt und hatten sich dabei bis zur völligen Erschöpfung verausgabt. Es war hoffnungslos.

»Dann müssen wir eben ihren Spuren folgen«, sagte Franjean.

»Hast du eine Ahnung, wie man das macht? Ich jedenfalls nicht.« Rool sah den längst in weiter Entfernung reitenden Truppen nach. »Außerdem würde es ewig dauern. Und selbst wenn wir sie fänden, was dann? Sie würden uns einfangen, in einen Käfig stecken, foltern und ich weiß nicht was noch. Willst du das?«

»Du meinst, wir sollten die Verfolgung aufgeben, ja?« erkundigte sich Franjean.

Rool dachte angestrengt nach. Es schien ihm das Vernünftigste zu sein. Aber so einfach war das auch nicht.

»Wir haben versprochen, das Kind zu beschützen«, meinte er zögernd. »Und nun haben sie es in ihrer Gewalt. Und den Daikini. Und Willow.«

»Und dieses hysterische Eichhörnchen«, ergänzte Franjean. Er hatte sich schon wieder recht gut erholt und wedelte lässig mit einer Hand. »Tu nicht so ernsthaft, Rool. Das ist nicht unser Stil. Gönnen wir uns einfach noch ein bißchen Spaß und tun so, als würden wir sie in Wirklichkeit gar nicht verfolgen, sondern statt dessen vor uns herjagen.«

»Ja, sie scheinen wirklich Angst vor uns zu haben.« Rool sprang auf und stieß einen wilden Kriegsschrei aus. »Auf sie mit Gebrüll.«

Vor ihnen leuchteten die weißen Gipfel der schneebedeckten Berge. Es war ein gewaltiges Panorama, doch Sorsha und ihre Männer hatten keinen Blick dafür.

Fin Raziel kauerte jetzt in einem Käfig, während Madmartigan und Wil-

low hinter dem Wagen herliefen, an den sie mit einer Kette um den Hals gefesselt waren.
»Hörst du?« fragte Willow mit bekümmerter Miene, als Elora leise wimmerte.
Fin Raziel winkte ungeduldig ab. »Noch einmal«, zischte sie. »Der Zauberspruch! Besinne dich!«
Willow versuchte sich zu konzentrieren. Die Kette riß und zerrte an seinem Hals, der bereits wundgescheuert war.
Er zögerte und warf ihr einen verzweifelten Blick zu. »Ich hab' den Mittelteil vergessen.«
Raziel sprach eindringlich auf ihn ein und preßte ihr Gesicht gegen die Gitterstäbe, als könnte sie damit ihren Worten mehr Nachdruck verleihen.
Im Rhythmus seiner Schritte hämmerte sich Willow ihre Worte ein.

Sorsha ließ ihr Pferd aus der Reihe tänzeln, beobachtete mit stolzem Blick die vorbeiziehenden Truppen und ritt dann neben den Gefangenen her.
»Du erinnerst mich an deinen Vater«, rief Fin Raziel aus ihrem Käfig heraus ihr entgegen.
»Beleidige mich nicht«, entgegnete Sorsha heftig. »Er war ein Schwächling. Nichts weiter als ein Schwächling.«
»Er war ein tapferer Krieger und ein großer König«, widersprach Raziel.
»Er war ein Verräter, ein Feind von Nockmaar«, sagte Sorsha.
»Bavmorda hat deine Seele vergiftet.« Raziel sah sie mitleidig an. »Du bist nicht die einzige ...« Sie verstummte, als erneut das klägliche Weinen des Kindes zu ihnen drang.
»Elora friert und hat Hunger«, sagte Willow hastig. »Sie kennt mich und vertraut mir. Bitte, laß mich für sie sorgen.«
Hochmütig starrte Sorsha auf Willow herab. »Ich brauche keine Hilfe von einem Winzling.« Aus den Augenwinkeln bemerkte sie Madmartigans Blick. »Was glotzt du so?«
»Ich würde dich gerne von deinem hohen Roß herunterreißen.«
»Das wird dir nicht gelingen«, sagte Sorsha lächelnd.
Wütend zerrte Madmartigan an seiner Kette. »Dann komm doch runter und schaff mir das hier vom Hals«, rief er herausfordernd, »dann werde ich es dir schon zeigen!«
Sorsha schenkte ihm ein strahlendes Lächeln. Sie kitzelte ihr Pferd mit den Sporen und galoppierte davon.

*

Das Lager der Nockmaar-Truppen war riesig. Auf einer weiten Schneefläche sah man zahlreiche Zelte. Große Planen dienten als Windschutz, Wagen und Pferde standen herum. Es herrschte ein reges Kommen und Gehen. Vor den Zelten saßen er-

Rechts: Kael wird nichts unversucht lassen, um Bavmorda doch noch das Kind ausliefern zu können.

Kaels Leute stürmen das Dorf, in dem die Geflüchteten sich versteckt halten. Zufällig treffen Willow und Madmartigan hier auch Airk und dessen Männer wieder, die in zahlreichen, blutigen

Kämpfen mit den Nockmaar-Truppen schwere Verluste hinnehmen mußten. Tapfer – wenn auch vergebens – versucht der Bürgermeister den General mit der Totenkopfmaske aufzuhalten.

Sorsha dringt in das Versteck der Dorfbewohner ein (oben) und wird von Madmartigan gefangengenommen (unten). Rechts: In Tir Asleen.

In Tir Asleen werden sie nicht nur von Kael (links) und seinen Leuten (rechts unten) angegriffen, sondern auch von einem Troll (oben).

schöpfte Soldaten in kleinen Gruppen zusammen, aßen und tranken und unterhielten sich.
Sorsha und die Gefangenen näherten sich der breiten Straße, die vom Lager direkt zur Festung Nockmaar führte. Willow verrenkte sich den Hals, um an dem Wagen vorbei nach vorn zu spähen, kam ins Stolpern, stürzte und wurde mitgeschleift. Madmartigan packte ihn mit einer Hand am Kragen und half ihm wieder auf die Füße.
»Kopf hoch, Winzling«, murmelte er. »Immer erhobenen Hauptes vor das Angesicht des Gegners treten.«

Der Schein der Lagerfeuer vor ihnen wurde immer heller, das Heulen der Killerhunde wurde lauter. An der Spitze einiger Männer kam Keal Sorshas Truppe entgegengeritten.
»O nein ... Kael ...«, sagte Madmartigan angewidert, »der hat mir gerade noch gefehlt.«
Sorsha ritt auf den General zu, das Baby unter dem Arm. Nach einer kurzen Begrüßung übergab sie ihm das Kind, worauf er sofort dessen Arm untersuchte. Ein wilder Triumphschrei kam aus seiner mächtigen Brust, dann galoppierten sie Seite an Seite ins Camp zurück.
Madmartigan umklammerte die Gitterstäbe, hinter die man ihn gesteckt hatte, und starrte auf das Camp hinaus. Er befand sich in einem Gefängniswagen, mit schweren, engstehenden Holzstreben an den Längsseiten. Willow hatten sie eine Fußschelle angelegt und an ein Rad gefesselt. Fin Raziel kauerte in ihrem Käfig, der an einer Ecke des Wagens aufgehängt worden war.
Es begann zu schneien. Willow hatte sich niemals in seinem Leben so elend gefühlt wie jetzt. Er war hungrig, fror, und hatte Sehnsucht nach seiner Familie, die er wahrscheinlich nie wiedersehen würde. Die Sorge um Elora, die nun spurlos verschwunden war, kam noch dazu.
»Nur Mut, mein Kleiner«, flüsterte über ihm Madmartigan zwischen den Gitterstäben hindurch. »Das ist nicht der erste Käfig, in dem Madmartigan sitzt, und es wird auch nicht der letzte sein. Glaube mir.« Seine Stimme klang erstaunlich zuversichtlich.
»Übe«, zischte Fin Raziel. »Du mußt üben. Sag den Zauberspruch auf. Wir dürfen keine Zeit verlieren.«
Sie wirkte klein und verloren in dem Käfig. Ihr Fell war naß und stumpf.
Willow murmelte etwas vor sich hin. Er kniete über einer Schale, in die er vorhin Schnee und Dreck gegeben hatte, und rührte einen Schlammklumpen an.
»Das soll Magie sein?« beklagte sich Madmartigan. »Das stinkt ja furchtbar.«
»Das ist der Funke des Lebens«, erklärte Willow. »Er bildet sich ...«

Links: Willow hält das Kind in seinen Armen geborgen. Wird er es noch länger vor Kael schützen können?

»Es stinkt jedenfalls. Die ganze Sache stinkt. Und zwar bis zum Himmel.«
»Beachte ihn nicht, Willow. Er ist ein Narr«, sagte Fin Raziel. Madmartigan rümpfte angewidert die Nase und warf ihr einen grimmigen Blick zu. »Wiederhole den Zauberspruch.«
Willow rührte sein Gebräu mit der *Magischen Wand* um. »Erde, Wasser, Himmel: Was kommt als nächstes?«
»Feuer.« Raziels Augen blickten ins Leere. »Alles muß zu feiner Asche verbrannt werden.«
»Woher sollen wir denn hier Feuer kriegen?«
Willow blickte sich verzweifelt um. Er zerrte an seiner Fußfessel, aber an die Fackeln außerhalb des Gefängniswagens kam er nicht heran.
Da holte Madmartigan einen Feuerstein aus seiner Tasche und schlug ihn gegen den Käfig, daß Funken aufsprühten.
Madmartigan grinste breit. Er äffte Fin Raziels Stimme nach: »Beachte ihn nicht, Willow. Er ist ein Narr.«
Blitzschnell ließ er den Stein wieder verschwinden. General Kael näherte sich mit schweren Schritten und baute sich vor den Gitterstäben auf, hinter denen Madmartigan hockte.
»Ich kenne dich«, sagte Kael mit tiefer, grollender Stimme, die nichts Gutes verhieß.
»Das kann ich mir kaum vorstellen. Ich würde mich bestimmt an dich erinnern«, log Madmartigan eilig.
Der General schlug sich mit der flachen Hand gegen die Stirn. »Jetzt erinnere ich mich: du bist Madmartigan.«
»Nein! Madmartigan ist tot.«
»Gut! Sehr gut!« sagte Kael befriedigt. »Er hat mir meine Frau gestohlen.«
»Meine auch. Ich habe ihn getötet. Ich bin ein Meister des Schwerts. Laß mich hier raus, dann gewinne ich dir jeden Kampf.«
Kaels Gesicht verzerrte sich. Er sprang vor, seine großen Pranken fuhren durch die Gitterstäbe, packten Madmartigan am Hals und rissen ihn zu sich heran. »Der Kampf ist bereits gewonnen, verstehst du?«
Er stieß ihn heftig zurück und stampfte davon.
»Wenn ich nur ein Schwert hätte ...«, murmelte Madmartigan.
»Wenn du nur aufhören würdest, zu quatschen«, sagte Willow müde. Doch sofort ruckte er hoch, als er irgendwo Elora weinen hörte; ein klägliches, herzzerreißendes Wimmern.
»Sie ist krank. Niemand kümmert sich um sie. Was soll ich nur tun?«
»Hör vor allem auf, dir wegen ihr Sorgen zu machen«, sagte Fin Raziel streng. »Das hilft uns auch nicht weiter. Du mußt dir die *Magische Wand* untertan machen und mich heute nacht in meine ursprüngliche Gestalt zurückverwandeln.«
»Heute nacht? Aber ich bin noch nicht bereit«, antwortete Willow.

Raziel blickte ihm fest in die Augen. »Du mußt, Willow. Wenn nicht...«
Sie verstummte, als sich schwere Schritte näherten. Willow wickelte den Schlammklumpen hastig in ein Tuch und versteckte ihn in seiner Tasche. Ein Leutnant blieb vor ihm stehen, schloß seine Fußfessel auf und zerrte ihn an der Schulter hoch.
»Du kommst mit mir, Winzling!«
»Und ich? Was ist mit mir?« rief Madmartigan und hämmerte gegen die Stäbe.

Aber der Leutnant schleppte Willow mit sich fort, ohne Madmartigan auch nur eines weiteren Blickes zu würdigen.

In Sorshas Zelt

Der Leutnant versetzte Willow einen Stoß, daß dieser in ein Zelt taumelte, und darin verschwand. Willow sah sich in dem einfachen, schmucklosen Raum um. Hinter einer Zeltbahn hörte er gedämpfte Geräusche. Eine Plane wurde beiseite geschlagen, und Sorsha trat mit der leise wimmernden, immer wieder von Hustenanfällen geschüttelten Elora Danan hervor.
Willow zuckte zusammen. Er kannte die Symptome. Das Kind war sehr, sehr krank.
»Irgend was stimmt nicht mit dem Baby«, sagte Sorsha. Sie versuchte gleichgültig zu klingen, aber man konnte doch ihre Unruhe und Besorgnis heraushören. »Bring es zum Schweigen.«
Sie warf das Kind förmlich in Willows Arme, der es zärtlich an sich drückte.
»Sie ist krank«, sagte er ernst. »Sie hat hohes Fieber. Das ist schlimm.«
»Dann steh nicht rum. Tu etwas, Winzling.«
»Sie ist viel zu fest eingewickelt. Sie kann ja kaum atmen.«
»Glaubst du, daß sie Hunger hat?« Sorsha beugte sich über das Wickeltuch; ihre offenen roten Haare fielen wie ein Vorhang über das Kind. »Ich habe versucht sie zu füttern, aber sie hat alles wieder ausgespuckt.«
Sie sah Willow an und fügte hinzu: »Ich bin schließlich nicht ihre Mutter.«
Er lockerte die Tücher. Das Baby beruhigte sich etwas.
»Mein Sohn Ranon hatte den gleichen Husten und wäre beinahe daran gestorben.«
Willow hielt Elora Sorsha entgegen, die jedoch zurückzuckte. »Nein. Sie fängt bloß wieder an zu weinen.«
»Halte sie hoch«, forderte Willow sie auf. »Leg sie an deine Schulter. Das mag sie.«

Sorsha tat was er gesagt hatte. Das Kind blieb still, und Sorsha schien sehr erleichtert zu sein. Willow hing einen Topf mit Wasser über das Feuer. Dann holte er den Schlammklumpen aus der Tasche und schob ihn unauffällig in die Flammen.
»Wer ist eigentlich dieser schreckliche Freund, den du da hast?« erkundigte sich Sorsha. Im flackernden Schein des Feuers wirkte sie noch sehr mädchenhaft.
»Du meinst Madmartigan?«
»Ja, Madmartigan. Wer ist er?«
Willow zuckte mit den Schultern. Er schob sich etwas vor, um mit seinem Körper den Schlammklumpen abzudecken, der Funken sprühte und hell aufglühte. »Ein Ausgestoßener. Ich weiß nicht viel von ihm.«
»Er ist ziemlich tollkühn. Und frech«, meinte Sorsha.
»Er behauptet, ein Meister des Schwerts zu sein«, sagte Willow.
Sorsha lachte. »So, behauptet er das? Nun, wir werden sehen...«
Willow überprüfte den dampfenden Wassertopf.
»Bring Elora nahe an den Dampf heran. Jemand muß die ganze Nacht bei ihr wachen, um auf sie aufzupassen.«
Sorsha kauerte sich nieder und reichte Willow das Baby.
»Kümmere dich um sie. Sie darf nicht sterben, Winzling. Bavmorda will sie lebend bekommen.
Dann wandte sie sich ab und legte sich auf ihr hartes Lager. Sie zog ein Fell über sich, und schon bald verriet ihr leichter, gleichmäßiger Atem, daß sie eingeschlafen war.
Dicht neben den aufsteigenden Dampfwolken wiegte Willow das Kind auf seinem Arm. Als er sich unbeobachtet fühlte, raffte er schnell die Asche zusammen, die von dem Schlammklumpen übriggeblieben war, und stopfte sie in seine Tasche.

Die Zauberformel

Langsam dämmerte der Morgen herauf. Madmartigan war in einen unruhigen Schlaf gesunken. Er schreckte hoch, als die Zelltür aufgesperrt und Willow hineingestoßen wurde.
»Was ist los?« fragte er und rieb sich die Augen. »Was ist passiert?«
»Elora ist krank. Aber ich glaube, das Schlimmste hat sie bereits überstanden. Sicher wird sie bald wieder gesund sein.«
Er sah nach oben, wo der Käfig mit Fin Raziel hing. Nur mühsam konnte er seine Erregung verbergen: »Raziel, ich hab's geschafft. Ich hab' das Zaubermittel verbrannt und die übriggebliebene Asche dabei.«

Raziels Schwanz peitschte quer durch den Käfig. »Gut. Dann sind wir bereit. Du mußt mich verwandeln. Jetzt gleich. Schnell, hol mich runter.«
Willow versuchte ihren Käfig mit einem Stock zu erreichen, schaffte es aber nicht.
»Madmartigan! Hilf mir.«
Widerwillig stocherte Madmartigan mit dem Stock nach dem Käfig. Schließlich gelang es ihm, die Halterung zu lösen, der Käfig stürzte herab und knallte ihm genau auf den Kopf. Die Stäbe brachen, und Fin Raziel tanzte vor Freude im Kreis herum: »Frei, endlich frei«, jubelte sie.
Madmartigan rieb sich die schmerzende Stelle an seinem Schädel und fluchte vor sich hin.
»Verdammt noch mal, Willow, warum hilfst du *mir* nicht auszubrechen? Warum ausgerechnet dieser erbärmlichen Beutelratte?«
»Beutelratte?« zischte Raziel empört.
Sie huschte dicht an Willow heran und biß ihn in den Finger.
»Aua«, schrie Willow. »Warum beißt du *mich*?«
»Du mußt drei Tropfen deines Blutes in das Zaubermittel geben.«
Willow hielt seinen schmerzenden Finger fest umklammert.
»Du hättest mich wenigstens vorher warnen können...«
»Jetzt«, sagte Fin Raziel, ohne weiter darauf einzugehen, »reib es auf die *Magische Wand* und nimm sie damit in Besitz.«
Willow folgte ihren Anweisungen. Madmartigan beobachtete interessiert dabei.
»Was ist die größte Kraft eines Zauberers?« fragte Raziel.
»Sein Wille.«
»Setze ihn ein. Erinnere dich an alles, was ich dir beigebracht habe. Laß dich durch nichts stören. Verstehst du, durch nichts!«
Willow hielt die Wand hoch und konzentrierte sich. Dann begann er mit leiser Stimme zu singen, in einer merkwürdig fremden, mystisch klingenden Sprache.
Da wurde er auf einmal unterbrochen: »Wir sind angekommen! Hallo, seid gegrüßt alle miteinander«, sagte Franjean voller Stolz.
»Ihr seid gerettet«, verkündete Rool.
»Pssst!« machten Madmartigan und Raziel gleichzeitig. Alle drei starrten verärgert auf Franjean und Rool.
Willow versuchte es erneut.
Madmartigan kratzte sich. »Sag mal, Raziel, wie wirst du eigentlich aussehen, wenn die Sache hier funktioniert?«
»Sei still! Stör ihn nicht. Er muß sich konzentrieren.«
»Tut mir leid.«
Fin Raziel drängte sich dicht an Madmartigan heran und flüsterte ihm zu: »Ich bin schöner, als du dir jemals vorstellen könntest.«
Seine Augen leuchteten erwartungsvoll auf. »Konzentriere dich, Willow«, drängte er.
Willow schloß die Augen und nahm

all seine Kraft zusammen. Dicke Schweißtropfen rollten über seine Stirn. Sein kleines, freundliches Gesicht verzerrte sich unter der gewaltigen Anspannung.
Raziel schrie auf, ein kleiner, weher, verlorener Schrei.
»Nein, Willow! Denk nicht an den Schmerz. Beachte ihn nicht. Du treibst weg. Du beginnst mich zu verlieren ...«
Ihre Stimme begann merkwürdig zu krächzen. Ihr Körper verkrampfte sich, zuckte heftig, und ihr Fell verwandelte sich in schwarze Federn. Als die Umwandlung abgeschlossen war, saß da plötzlich ein rabenschwarzer Vogel. Willow schwankte, stöhnte auf und sackte in sich zusammen. Er ließ die rauchende *Magische Wand* fallen und rieb sich die wunden Handgelenke.
»Oh«, jammerte Franjean. »Der Nelwyn hat die Sache verpatzt.«
Madmartigan ging zu ihm hinüber und zog ihn hoch.
»Ganz ordentlicher Versuch, Kleiner. Bist du in Ordnung?«
Willow nickte, bewegte sich probeweise, um die Benommenheit abzuschütteln.
»Wie sollen wir jetzt hier herauskommen?« fragte er verzagt.
»Oh, ihr wollt raus?« fragte Franjean erstaunt.
»Nichts leichter als das«, behauptete Rool. »Das Schloß kriegen wir jederzeit auf.«
Mit bedrücktem Gesichtsausdruck wandte sich Willow zu dem Raben.
»Tut mir leid, Raziel. Ich versteh' das nicht. Ich hab' doch alles ... Es ist meine Schuld.«
»Nein, es ist meine Schuld«, entgegnete Raziel mit krächzender Stimme: »Du warst noch nicht bereit!« Ihre Flügel flatterten kurz. »Laß nur, Willow, wir versuchen es später noch mal.«

Die Braunlinge drängten gegen die Gitterstäbe, und Franjean ging mit seinem Speer auf das Schloß los. Rool riß den Speer an sich und machte weiter. Madmartigan drückte sein Gesicht an die Stäbe und sah angespannt zu.
»Nein, nein, nicht so ...« Franjean gab Rool einen kräftigen Stoß.
»Gib mir den Speer«, sagte Madmartigan. »Laß es mich mal versuchen.«
»Zurück, du dämlicher, fetter Daikini«, schrie Franjean aufgebracht, riß sich den Beutel vom Gürtel und schleuderte ihn Madmartigan ins Gesicht, wodurch dieser etwas *Staub der Gebrochenen Herzen* in Augen und Nase bekam und fürchterlich niesen mußte. In diesem Moment sprang endlich das Schloß auf.
»Na also, ihr seid frei!« sprach Rool mit feierlicher Geste.

Der Staub der Gebrochenen Herzen

Mit einem schnellen Sprung ging Willow hinter einem Zelt in Deckung. Franjean und Rool folgten ihm. Hoch über ihnen flog mit mattem Flügelschlag Fin Raziel. Alle drei blickten sich um.
»Madmartigan«, flüsterte Willow fassungslos.
Sein Gefährte schlenderte träumend durch das Camp. Ein betrunkener Soldat kam aus einem Zelt geschwankt. Madmartigan umarmte ihn, drückte ihn liebevoll an sich.
»Oh, Liebe meines Lebens! Wie lange habe ich auf diesen Moment gewartet...«
Der Soldat rülpste, machte sich schwankend frei und taumelte in sein Zelt zurück.
»Was ist mit ihm?« fragte Willow erschrocken. »Was hat er denn?«
»Der *Staub der Gebrochenen Herzen«,* murmelte Franjean düster. »Das hat er.« Und damit warf er Rool, der ausnahmsweise nichts dafür konnte, einen bösen Blick zu.
»Schau dir doch den Himmel an, Willow«, schwärmte Madmartigan verzückt. »Die Sonne geht auf, aber du kannst immer noch die Sterne sehen. Ist das nicht schön, wunderschön?«
Während Rool und Franjean schuldbewußt schwiegen, sprang Willow auf und zerrte Madmartigan hinter Sorshas Zelt.
»Bist du in Ordnung?« erkundigte sich Willow besorgt.
»Aber mein lieber Willow, warum sollte ich nicht in Ordnung sein? Mir ist es nie besser gegangen. Ich fühle mich wunderbar.«
Sie spähten von hinten in das Zelt. Drinnen rührte sich nichts. Sorsha schlief bewegungslos auf ihrem Lager.
»Ich habe Elora dort auf diesen Fellen zurückgelassen«, flüsterte Willow.
»Nur einer von uns sollte hineingehen.« Madmartigan blickte Willow liebestrunken an. »Ich habe Erfahrung in solchen Sachen. Ich weiß, was ich tue.«
Fin Raziel landete auf dem Nachbarzelt. »Beeil dich«, krächzte sie so leise wie möglich. »So beeil dich doch!«
Madmartigan schob die rückwärtigen Zeltplanen auseinander und huschte hinein. Er brauchte einen Moment, um sich im Halbdunkel zu orientieren. Elora Danan lag in einer Ecke und schlief tief und fest. Madmartigan, der gerade an Sorshas Lager vorbeikriechen wollte, hielt plötzlich inne, als hätte ihn ein Schlag getroffen. Ohne Rüstung, bloß in ihrer weichen, fließenden Nachtkleidung, sah Sorsha wie eine Göttin aus. Wie eine wunderschöne Göttin. Willow und die Braunlinge, die durch einen Spalt ins Zeltinnere spähten, glaubten ih-

ren Augen nicht trauen zu dürfen. Madmartigan beugte sich über Sorshas Lager und küßte sie zärtlich. Dann zog er sich vorsichtig zurück und flüsterte nahezu unhörbar: »Ich liebe dich ...«
»Oh!« murmelte Rool entgeistert. Und in Gedanken setzte er hinzu: Hoffentlich dauert die Wirkung des Staubs nicht allzu lange.
»Madmartigan, was tust du da?« flüsterte Willow drängend. »Beeil dich doch ...!«
Es sah so aus, als würde Madmartigan sich abwenden, doch er drehte sich nochmal um und preßte mit einer pathetischen Geste beide Hände auf sein Herz:
»Oh Sorsha!« rief er mit schmachtender Stimme. »So erwache doch endlich aus deinem Schlaf. Laß mich tief in deine Augen sehen.«
Sorsha warf das Fell zurück, ließ ein Messer aufblitzen und rief: »Keine Bewegung, du Tölpel, oder du wirst es bereuen!«
Madmartigan fiel vor ihr auf die Knie und breitete die Arme aus: »Du bist meine Sonne, mein Mond, mein bestirnter Himmel. Ohne dich müßte ich auf ewig in Finsternis hausen, oh, du angebetete Geliebte!«
Willow hielt es nicht länger aus. Er bückte sich und schlich in das Zelt.
»Was machst du eigentlich hier?« fragte Sorsha gerade Madmartigan.
»Ach«, hauchte dieser, »ahnst du es denn nicht? Deine sanfte Haut, dein weiches Haar, dein lockender Mund; all das hat mich verzaubert. Ich bin dir hilflos ausgeliefert, komm, nimm mich in deine Arme!«
»Verschwinde«, sagte Sorsha scharf, und ihre Augen blitzten auf. Mit einem heftigen Schwung warf sie ihre rote Mähne zurück. »Laß mich in Ruhe, oder du wirst mich noch kennenlernen!«
Mit einer schnellen Bewegung schnitt sie dem immer noch vor ihr knienden Madmartigan das Hemd bis zum Hals auf.
»Ich liebe dich«, hauchte er daraufhin ungerührt.
»Hör auf, so mit mir zu sprechen«, befahl sie barsch.
»Wie könnte ich aufhören, dem nachzugeben, was mein Herz mir befiehlt? Fühlst du denn nicht, wie es pocht?«
Er griff nach ihrer freien Hand und preßte sie gegen seine Brust.
»Du hast Angst, das ist alles«, meinte Sorsha spöttisch.
»Sag, spürst du denn nicht, wie sehr ich dich liebe?«
Madmartigan gab nicht auf. Er war jetzt völlig ernst. Langsam zeigte seine Beharrlichkeit Wirkung. Als er ihre Hand freigab, ließ Sorsha sie weiter auf seiner Brust ruhen. Ihr Körper bebte leicht, als er sie dicht an sich heranzog, bis sie sich so nahe waren, daß ihre Lippen sich beinahe gegenseitig berührten.
In Sorshas Augen spiegelte sich sein Gesicht, und sie erkannte sich in seinen ...

Eine rasende Fahrt durch Eis und Schnee

Mit einem heftigen Ruck wurde die Zeltplane auseinandergerissen und General Kael tauchte auf. Madmartigan und Sorsha fuhren auseinander.

»Was geht hier vor?« brüllte Kael mit flammendem Blick. Seine gewaltige Pranke hielt Willow gepackt, der seinerseits das Baby fest umklammerte. Mit einer kurzen Handbewegung schleuderte er Willow und Elora auf einen Strohhaufen im Eck. Sorsha taumelte von Madmartigan weg und entdeckte die leere Krippe.

»Betrüger«, schrie Sorsha. Das war also alles nur ein abgekartetes Spiel gewesen! Mit einem wilden Satz stürzte sie auf Madmartigan, der eine Rolle rückwärts machte, ihr den Dolch aus der Hand trat und Sorshas Schwert an sich riß.

»Madmartigan, du Verräter«, keuchte sie, »du Lügner.«

Kael zog sein langes, schwarzes Schwert. »Also doch«, knirschte er. Tiefe Befriedigung zeigte sich auf seinem groben Gesicht. »Du *bist* Madmartigan. Jetzt wirst du bezahlen. Für alles!«

Madmartigan lachte auf. Endlich hielt er wieder ein richtiges Schwert in der Hand. Jetzt würde ihn keiner mehr aufhalten können.

Willow hatte schon viele Seiten von Madmartigan gesehen: den Aufschneider und Wichtigtuer, den gewissenlosen Herumtreiber, der nur an sich selbst zu denken schien, den Weiberhelden, der hinter jedem Rock her war. Jetzt erlebte er ihn zum erstenmal als Meister des Schwertes.

Kael hatte gegen ihn keine Chance. Mit einem lässigen Streich aus dem Handgelenk kappte Madmartigan den Hauptpfosten des Zeltes. Während das Zelt um sie herum einstürzte, zog er mit seinem freien Arm Sorsha an sich und küßte sie innig.

Chaos brach aus. Körper krümmten sich und versuchten sich unter der Masse der schweren Tierhäute hervorzuarbeiten. Irgendwo ertönte Kaels dumpfer, gutturaler Aufschrei. Willow kam aus einer Ecke des Zeltes gekrochen, Elora fest im Arm. Ein Stück weiter schnitt eine silberne Klinge durch die Zeltplane und Madmartigan sprang hindurch.

Alarm! Das ganze Lager summte wie ein aufgeschreckter Bienenschwarm. Madmartigan rannte quer über die Schneefläche, verfolgt von Nockmaar-Soldaten und Killerhunden. Sein Schwert wirbelte durch die Luft und schien überall gleichzeitig zu sein.

Während Fin Raziel über dem Schauplatz flog und aufgeregt kreischte, kämpfte Madmartigan mit unglaublichem Geschick. Langsam zog er sich, nach allen Seiten schnelle Hiebe austeilend, gegen den Berg zurück. Der Schnee färbte sich rot. Da stieß ein riesiger, muskelbepackter Nockmaarkrieger seine Kameraden beiseite und sprang vor. Mit einem wilden Kriegsschrei auf den Lippen stellte sich Madmartigan dem neuen Gegner. Das Schwert des Riesen pfiff durch die Luft, verfehlte sein Ziel; der eigene Schwung ließ ihn mit seinem gewaltigen Schild gegen Madmartigan prallen. Beide taumelten und stürzten in eine kleine Schneemulde. Willow hörte einen erstickten Schrei, dann flog der Schild in hohem Bogen in den Schnee und rutschte auf Willow zu.

Madmartigan tauchte unverletzt aus der Mulde auf. Von allen Seiten stürmten die Nockmaar-Truppen jetzt auf sie zu, General Kael an der Spitze.

»Willow! Spring auf den Schild«, schrie Madmartigan. Er rannte dem Schild, der wie ein flacher Schlitten an Willow vorbeiflitzte, hinterher.

»Bogenschützen vor! Männer, auf die Pferde!« Kaels mächtige Stimme klang furchterregend.

Die Bogenschützen legten ihre Pfeile ein. Willow sprang mit Elora auf den Schild. Madmartigan drehte sich in vollem Lauf um und sah Sorsha neben dem General stehen.

»Glaub mir, ich hab' es wirklich ernst gemeint«, brüllte er ihr hinterher. »Ich liebe dich!«

Er hechtete auf den immer schneller abwärts gleitenden Schild, drängte sich hinter Willow und nahm die Beine nach vorn, damit er den Schild wie einen Schlitten lenken konnte.

»Ihnen nach!« Kaels Stimme überschlug sich vor Wut und Haß. Die Spitze seines Schwertes zeigte auf die Flüchtlinge, die in einer Zickzacklinie mitten durch die verwirrten Truppen sausten. Einige Krieger warfen sich auf die Pferde und galoppierten hinter dem Schild her, den Berg hinab.

Raziel krächzte erschrocken auf, als der Schild auf einen großen, aus dem Schnee ragenden Felsbrocken zuraste. Im letzten Moment wich Madmartigan aus und steuerte um Haaresbreite daran vorbei.

Dann ragte ein Eiswall vor ihnen auf, schien sich in den Himmel zu türmen. Willow glaubte bereits den Aufprall zu spüren, mit dem sie an der Eiswand zerschellen würden, da glitt der wirbelnde Schild wie ein von Geisterhand geschleuderter Diskus durch einen schmalen Spalt und stürzte einen Steilhang hinab, raste an steilen Felswänden vorbei, durchbrach Schneewehen und ratterte über blankes Eis. Sie wurden schneller und schneller, bis sie mit atemberaubender Geschwindigkeit durch eine enge Eisröhre schossen. Tief unter ihnen breitete sich das Tal aus, in dessen Mitte ein Dorf eingebettet lag. Es schien eine ganz andere, friedliche Welt zu sein, für die sie jedoch kaum einen Blick übrig hatten.

Plötzlich schrie Willow auf. Vor ih-

nen verflachte die steile Bahn und lief in einer Art Schanze aus. Dahinter klaffte ein Abgrund. In rasendem Tempo flogen sie über die Schanze hinweg ins Leere. Madmartigan und Willow schrien beide vor Entsetzen. Das war also das Ende!
Der schwere Schild segelte durch die Luft, als hätte er Flügel bekommen. Nach endlos erscheinenden Sekunden schlug er weit unten im tiefen Schnee eines Hanges auf. Der Aufprall war so heftig, daß Madmartigan herabgeschleudert wurde und augenblicklich im tiefen Schnee verschwand. Willow klammerte sich jedoch geistesgegenwärtig an dem Schild fest, das immer weiter abwärts raste.
Je näher sie an das Dorf kamen, desto flacher wurde der Hang und desto langsamer wurde die Fahrt. Schließlich legte Willow sein ganzes Gewicht auf eine Seite, warf den Schild herum und brachte ihn endlich in einer Wolke hoch aufwirbelnden Schnees zum Stehen.

Einige Kinder, die in der Nähe gespielt hatten, deuteten aufgeregt auf die seltsamen Neuankömmlinge, die anscheinend direkt vom Himmel gefallen waren.
Willows erster Gedanke war, ob Elora diese Wahnsinnsfahrt gut überstanden hatte. Aber sie schien völlig ungerührt zu sein, so, als habe sie gar nicht mitbekommen, in welcher Gefahr sie schwebten.
Erleichtert drückte er das Kind an sich.
»Keine Sorge«, sprach er immer noch völlig außer Atem zu ihr. »Alles wird gut, wenn wir erst Tir Asleen erreicht haben, das verspreche ich dir.«
In diesem Moment sprangen die Kinder, die neugierig näher gekommen waren, laut aufschreiend auseinander. Ein gewaltiger Schneeball donnerte den Berghang nach unten, rollte in rasendem Tempo durch das Dorf und knallte schließlich gegen eine Hauswand.
Zurück blieb ein riesiger Schneehaufen, aus dem sich langsam etwas hervorzuarbeiten schien; erst war die silberne Spitze eines Schwerts zu sehen, dann eine Hand, und gleich darauf sah man Madmartigan sich von den Schneemassen befreien.
Eilig lief Willow auf ihn zu.
Madmartigan kam schwankend auf die Beine, machte ein paar taumelnde Schritte und fragte:
»Was ist passiert?« Er deutete den Berg hoch, als wüßte er nicht, wieso er jetzt auf einmal hier unten im Tal stand.
»Du erinnerst dich nicht?«
»Ich habe keine Ahnung.« Madmartigan schüttelte heftig den Kopf. »Ich weiß nur, daß diese verdammten Braunlinge das Schloß unseres Gefängniswagens nicht aufbekamen, und daß sie mir etwas in die Augen streuten.«
»Feenstaub. Der *Staub der Gebrochenen Herzen*«, bestätigte Willow.

»Das ist alles, woran ich mich erinnere«, sagte Madmartigan und stützte sich schwer auf Sorshas Schwert.
»Was geschah dann?«
»Eine ganze Menge.« Beim Gedanken daran schauderte Willow unwillkürlich zusammen. »Du bekamst auf einmal ganz seltsame, romantische Anwandlungen ...«
»Tatsächlich?« Madmartigan grinste etwas dümmlich.
»›Ich liebe dich Sorsha, ich bete dich an!‹« Willow äffte Madmartigans sehnsuchtsvolle Stimme nach. »›Du bist mein Mond und meine Sonne und mein Sternenhimmel!‹«
Madmartigan schlug sich mit der flachen Hand kräftig gegen den Kopf, und, als wäre das noch nicht genug, versetzte er sich gleich noch einen Schlag.
»›Ich liebe dich, Sorsha‹? Das soll ich gesagt haben? Wirklich?«
Willow zuckte mit den Schultern. »Jedenfalls hast du sie geküßt.«
»Unmöglich! Ich hasse diese Frau. Ich bin ganz sicher, daß ich sie hasse ...«
Über ihren Köpfen ertönte ein aufgeregtes, schrilles Gekreisch. »Kael!« Fin Raziel schlug heftig mit den Flügeln. »Kael ist im Anmarsch!«
»Nockmaar-Soldaten«, riefen die Dorfbewohner ängstlich. Sie rannten auf ihre Hütten zu und verschwanden darin. Madmartigan packte einen flüchtenden Mann und riß ihn an der Schulter herum.
»Sie sind hinter uns her. Könnt ihr uns verstecken?«

An der Spitze von ungefähr zwanzig Reitern kam General Kael auf das Dorf zugaloppiert.
»Kommt mit«, sagte der Mann hastig.

In der Falle

Sie wurden in eine große Hütte geführt. Der Mann räumte einige Säcke beiseite und öffnete eine Falltür. Willow und Madmartigan stiegen in einen verstaubten Lagerraum hinab, in dem sich bereits einige andere Männer versteckt hielten. Noch bevor sich Madmartigans Augen an das Halbdunkel gewöhnt hatten, legte sich eine gewaltige Hand auf seine Schulter und zog ihn nach hinten.
»Ich wußte doch, daß du aus dieser Rattenfalle wieder herauskommen würdest«, sagte jemand und lachte heiser auf.
Madmartigan erkannte die Stimme Airks, griff über seine Schulter, bekam einen Arm zu fassen und wirbelte ihn herum.

»Du hättest mich in diesem Käfig verrecken lassen.« Es sah aus, als würde er im nächsten Moment zuschlagen, doch Airk traf keine Anstalten sich zu verteidigen.
»Wahrscheinlich habe ich dir dadurch das Leben gerettet«, sagte er bitter. »Kurz darauf fielen wir Bavmordas Kriegern in die Hände. Wir hatten keine Chance gegen diese erdrückende Übermacht. Ich habe viele meiner tapferen Männer verloren.
»Still«, flüsterte ein Offizier mit scharfer, unterdrückter Stimme und warf einen bezeichnenden Blick zu den alten, morschen Deckenbalken hoch.
Madmartigan sah sich um, musterte die geschundenen Kämpfer, die sich in dem Keller versteckt hatten, von denen die meisten verwundet waren. Sie wechselten unruhige Blicke, als draußen Hufschläge ertönten, die sich langsam näherten. Willow hielt Elora fest in seinen Armen und flüsterte besänftigende Worte.

*

Fin Raziel landete auf einem baufälligen Dach, drehte den Kopf ruckartig und schaute hinab. General Kael riß sein mächtiges Pferd hart zurück, so daß es hochstieg, bevor es von kräftigen Fäusten wieder niedergezwungen wurde. Neben ihm ließ Sorsha ihr edles Pferd anhalten.
»Wo ist das Baby? Sorsha, laß überall suchen! Reißt alles auseinander!«
Die Dorfbewohner, die vor dem Haus, das ihnen als Versammlungsort diente, zusammengelaufen waren, standen wie erstarrt. Kaels Totenkopfmaske ließ sie vor Schreck erzittern. Hinter den tiefen Höhlen der Maske glühten seine Augen wie glimmende Kohlen. Sein Blick richtete sich nun auf den Bürgermeister des Dorfes, einen kleinen, untersetzten Mann mit breiten Schultern.
»Sagt mir, wo ihr den Nelwyn und das Kind versteckt habt, sonst stirbt euer Bürgermeister und das Dorf wird niedergebrannt.«
»Das werdet ihr nicht wagen!« Der kleine Mann trat mutig einen Schritt vor. Stolz reckte er den Kopf. »Es ist genug. Es ist endgültig genug. Seit Jahren haltet ihr von Nockmaar uns in Angst und Schrecken. Ihr habt uns wieder und wieder ausgeraubt, habt uns unsere Ernten genommen und zusätzlich noch Steuern auferlegt.«
Der Bürgermeister trat erregt einen weiteren Schritt nach vorn. Seine Stimme wurde immer lauter, es schien, als könne er jeden Moment die Beherrschung verlieren: »Lange genug habt ihr uns unterdrückt. Das muß endlich ein Ende haben. Wir lassen uns das nicht mehr gefallen, wir werden das nicht länger hinnehmen, wir...«
»So!« unterbrach ihn Kael mit eisiger Stimme. »Ihr werdet das also nicht länger hinnehmen.«
Alle schwiegen betroffen. Keiner wagte mehr, sich zu bewegen.

Da holte Kael plötzlich, ohne jede Vorwarnung, mit der rechten Faust aus und schlug dem Bürgermeister mit einer solchen Wucht mitten ins Gesicht, daß dieser zur Seite geschleudert wurde, auf den Boden fiel und besinnungslos liegenblieb.

»Gibt es sonst noch jemanden«, zischte er, »der etwas zu sagen hat?«

Alles blieb still. Bis auf einmal ein helles Schluchzen diese Stille unterbrach. Der General fuhr augenblicklich im Sattel herum, seine Totenkopfmaske richtete sich auf das Haus, wo er glaubte, den Schrei gehört zu haben. Da stürzte sich Fin Raziel vom Dachgiebel des Nebenhauses, flatterte wild umher, kreischte und übertönte dadurch alle möglichen anderen Geräusche.

»Eine Krähe«, murmelte Kael, »und ich hätte schwören können...« Er schüttelte den Kopf. Dann machte er eine heftige Handbewegung und sagte: »Sorsha, ihr beginnt hier. Wir nehmen uns die andere Seite des Dorfes vor.«

Die Suche begann. Überall traten Kaels Soldaten Türen und Fenster ein, durchwühlten alles und hinterließen eine breite Spur der Verwüstung, während die Dorfbewohner es nicht wagten, auch nur einen Mucks zu machen. Machtlos mußten sie mitansehen, wie all ihr Hab und Gut zerstört wurde.

Sorsha sprang vom Pferd und drang mit drei Soldaten in das große Haus mit dem Geheimkeller ein.

Madmartigan, Airk und der Offizier beobachteten durch die Spalten zwischen den Dielenbrettern den Verlauf der Suche. Über ihnen dröhnten die Schritte der schweren Stiefel. Staub regnete in grauen Wolken auf sie herab. Madmartigan sah, wie Sorsha gerade einen Kornsack aufschlitzte und umkippte.

Niemand wagte tief Luft zu holen. Hier und da war ein unterdrücktes Keuchen zu hören, als die Anspannung immer unerträglicher wurde. Oben ging die Suche allmählich zu Ende. Der große Raum war nun ein einziges Chaos. Sorsha gab ihren Männern einen kurzen Wink. Sie wollten gerade das Haus verlassen, da stieß Elora einen weiteren Schrei aus. Sorshas Leute blieben mitten im Schritt stehen, verharrten bewegungslos.

Und wieder kam ihnen Fin Raziel zu Hilfe. Mit dem gleichen schrillen Kreischen wie vorhin segelte sie durch eines der zerbrochenen Fenster und flatterte wild im Raum herum.

»Das ist keine normale Krähe«, flüsterte ein Nockmaar-Soldat seinem Kameraden zu. »Vielleicht ist es ...« Nach einem bedeutungsvollen, ängstlichen Blick verstummte er.

Unten im Keller atmeten alle erleichtert auf. Willow steckte Elora einen Finger in den Mund und sang ihr ganz leise ein sanftes, beruhigendes Lied ins Ohr. Sofort begann das Baby zufrieden an dem Finger zu nuckeln.

Während im Inneren der Festung Elora in Bavmordas Gewalt ist, schlagen Willow, Madmartigan, Airk und seine Leute auf dem Platz davor ein Nachtlager auf. Sie sind müde und

abgekämpft, aber es gilt keine Zeit mehr zu verlieren: Wird es ihnen gelingen, das Kind zu befreien? Kann Willow Fin Raziel rechtzeitig ihre wahre Gestalt zurückgeben?

»Komme, Donner, komme, Blitz!« Bavmorda mit ihren Druiden während des Rituals, das die Prophezeiung auslöschen soll (oben und unten).

Sorsha ist nicht länger dazu bereit, Bavmordas Taten zu unterstützen (oben). Im Inneren der Festung zeigen Fackeln den Weg (unten).

Endlich ist es Willow gelungen, mit Hilfe von Cherlindreas Magischer Wand der guten Zauberin Fin Raziel nach unzähligen Versuchen ihre eigentliche Gestalt zurückzugeben. Sie ist die einzige,

die es mit Bavmorda aufnehmen kann. Im Opferturm der Festung kommt es zu einem alles entscheidenden Kampf.

anderen Weg.« Sie betrachtete die hohen Felswände ringsherum und warf dann Madmartigan einen spöttischen Blick zu.
Doch Fin Raziel wußte es besser. Sie schraubte sich hoch in die Lüfte und rief: »Hier entlang! Hier entlang!« Heftig mit den Flügeln schlagend zeigte sie ihnen die Richtung. Sie ritten auf eine turmhohe, schroffe Felswand zu. Erst aus nächster Nähe bemerkten sie den Riß, der das verwitterte Gestein in zwei Hälften spaltete. Eine schmale Schlucht führte durch den Fels.
»Schau«, sagte Willow.
Madmartigan drehte sich um: »Ja, ich sehe sie.«
Einige dunkle Pünktchen waren weit hinter ihnen aufgetaucht, die langsam größer wurden.
»General Kael«, rief Sorsha triumphierend. »Er kommt mich holen.«
»Aber er wird dich nicht kriegen«, meinte Madmartigan lächelnd.
»Er wird dich in der Luft zerreißen!«
Madmartigan wollte gerade zu einer passenden Antwort ansetzen, da krächzte Raziel über ihnen: »Beeilt euch! So beeilt euch doch!«
Schnell trieben sie die Pferde durch die schmale Öffnung.
Fin Raziel stieg hoch und höher. Ihre Flügel waren schwer. Sie hatte keine Kraft mehr, aber sie durfte jetzt nicht aufgeben. Von ihr hing alles ab. Aus dieser Höhe hatte sie einen guten Überblick über das Gewirr der Schluchten, das sich unter ihr ausbreitete. Manche endeten in Sackgassen vor einer schroffen, unbezwingbaren Felsmauer. Es war ein gewaltiger Irrgarten, der schon vielen das Leben gekostet hatte.
»Diesen Weg.« Raziel stürzte sich wieder in die Tiefe, auf eine kleine, freie Fläche zu; von hier aus führten fünf verschiedene Schluchten weiter.
»Folgt mir!« Raziel flog voraus, hinein in das Halbdunkel eines weiteren Felsrisses.
Das Gelände wurde immer beschwerlicher. Sie kamen nur noch mühsam voran.
»Willow, wie geht's Elora?« rief Madmartigan, der mit Sorsha ein Stück hinter ihm und dem Baby her ritt.
»Sie schläft«, antwortete Willow so leise wie möglich. Mit einem Arm hielt er vorsichtig das Tuch vor seiner Brust umklammert.
Sorsha wand sich in Madmartigans hartem Griff. »Laß mich los. Du hältst mich viel zu fest. Ich kann mich gar nicht bewegen.«
»O nein, ich werde dich auf gar keinen Fall loslassen, Prinzessin.«
Sorsha drehte den Kopf nach hinten und blickte ihn spöttisch an: »Warum? Weil ich dein Mond bin, deine Sonne? Dein Sternenhimmel?«
»Hab' ich wirklich solch einen Schwachsinn von mir gegeben?« Madmartigan rutschte unbehaglich im Sattel hin und her.
Sorsha warf ärgerlich den Kopf herum. Die Flut ihres dichten roten Haa-

res wirbelte durch die Luft und traf ihn ins Gesicht. »Nimm deine Haare aus meinem Gesicht, oder ich schneide sie dir ab«, sagte Madmartigan ärgerlich. Er versuchte sie mit einer Hand wegzufegen, aber es waren so viele, sie waren überall. Schweigend ritten sie weiter. Das Geklapper der Hufe hallte dumpf von den Felswänden zurück. Die Umgebung wurde immer gespenstischer.

»Was hast du vor mit mir?« fragte Sorsha leise.

»Ich bringe dich zu deinem Vater«, antwortete er.

Sorsha lachte ihn verächtlich an. »Ich kann mich gar nicht mehr an ihn erinnern. Er bedeutet mir nichts. Gar nichts. Weniger als nichts.«

»Raziel sagt, er wäre ein großer König.« Madmartigans Stimme klang unsicher.

»Du wirst Tir Asleen niemals finden«, sagte Sorsha. »Niemals!«

Fin Raziel flog dicht über ihren Köpfen dahin und krächzte: »Vor langer Zeit hat Bavmorda dieses Labyrinth geschaffen. Seitdem hat niemand mehr den Weg nach Tir Asleen gefunden.«

Madmartigan sah ihr nach, wie sie mit müdem Flügelschlag an Höhe zu gewinnen suchte.

»Der Vogel hat recht.« Sorshas Stimme klang drängend, fast bittend. »Gib auf. Dir wird nichts geschehen. Ich verspreche es.«

Madmartigan schüttelte nur den Kopf. Schweigend ritten sie weiter.

»Hab' ich wirklich all diese Dinge gesagt?« fragte er nach einer Weile.

»Du sagtest, du liebst mich.«

»Unmöglich! Ich kann mich nicht daran erinnern.«

»Du hast mich also angelogen«, stellte Sorsha empört fest.

»Nein, ich meine: ja. Ich war letzte Nacht wohl nicht ich selbst...«

Wieder drehte sie sich um. Ihr Blick war unergründlich. »Vermutlich habe ich dich verzaubert. Du warst einfach wehrlos dagegen.«

»Ja. So ungefähr«, gab Madmartigan widerwillig zu.

»Und? Was geschah dann?« wollte Sorsha wissen.

»Es ging wieder vorbei«, antwortete er.

»Es ging vorbei?« rief sie aufgebracht und ahmte seine Stimme nach. »›Ohne dich werde ich auf ewig in Dunkelheit und Finsternis hausen!‹ Und es ging wieder vorbei? Einfach so?«

Sie rammte ihm den Ellenbogen so hart in den Bauch, daß er zusammensackte, und warf sich vom Pferd. Schnell hatte sie einen kleinen Vorsprung gewonnen, ehe er ebenfalls abspringen konnte. Sie war ungeheuer flink, aber Madmartigan war schneller. Mit einem gewaltigen Hechtsprung erwischte er sie an der Hüfte, schleuderte sie zu Boden und kniete gleich darauf rittlings über ihr. Sie starrten sich an. Beide atmeten schwer.

»Du Tölpel«, keuchte Sorsha. »Du großer, einfältiger Tölpel!«

Madmartigan grinste: »Ich bin völlig in Ordnung. Gut aussehend, intelligent, der beste Schwertkämpfer der Welt.«
Sorsha spitzte gerade die Lippen, um ihn anzuspucken, als Raziel aufgeregt zu kreischen begann: »Schnell! General Kael! Beeilt euch!«
Hufschläge hallten durch die Schlucht. Madmartigan sprang auf und zerrte die um sich schlagende, spuckende und kratzende Sorsha hinter sich her.
»So hab' ich's gern«, lachte Madmartigan. »Eine richtige Frau muß wie eine Wildkatze sein.«
»Sie kommen! Fort!« Raziels krächzende Stimme überschlug sich vor Erregung.
Madmartigan packte Sorsha an der Taille und wollte sie aufs Pferd schwingen, doch sie versetzte ihm einen kräftigen Fußtritt, riß sich los und rannte auf die sich schnell nähernden Hufschläge zu. Er hetzte ihr nach.
»Madmartigan, komm zurück«, schrie Willow. »Laß sie laufen.«
»Du darfst keine Zeit verlieren«, ergänzte Raziel.
Madmartigan zögerte, doch dann schwang er sich widerwillig auf sein Pferd und folgte den anderen.

*

Die Schlucht verengte sich, wurde wieder breiter, dann bogen sie um eine Felsnase.
Vor ihnen lag nun ein gewaltiges, undurchdringliches Dornengestrüpp. Madmartigan lockerte sein Schwert.
»Dann also auf zum Kampf«, murmelte er mutlos. Er wußte nur zu gut, daß es völlig aussichtlos war, so in diese starren Büsche mit den messerscharfen Dornen einzudringen.
»Raziel, wir müssen umkehren«, rief Willow und sah nach oben zu dem schwarzen Vogel, der für einen Moment scheinbar bewegungslos in der Luft verharrte.
»Nein! Zünde drei Feuer im Abstand von drei Schritten an, und vernichte damit Bavmordas Wall!« befahl Raziel.
Schnell sprangen sie von den Pferden.
Willow hielt das Baby fest in den Armen; sein Blick war unverwandt auf die Biegung der Schlucht gerichtet, wo jeden Moment Kael mit den ihm noch verbliebenen Soldaten auftauchen mußte.
Madmartigan steckte sein Schwert zurück und begann in fieberhafter Eile mit einem Feuerstein Funken in den Dornenwall zu schlagen.
»Benütze den *Vierten Gesang der Großen Einheit*«, drängte Fin Raziel.
Willow sah sich unsicher um. »Soll ich nicht lieber dich verwandeln?«
»Nein«, antwortete sie, »dazu reicht die Zeit nicht. Beginne mit dem *Vierten Gesang*, schnell; es ist unsere einzige Chance!«
Willow stimmte einen seltsam magisch klingenden Singsang an. Doch

nichts rührte sich. Das Hufgetrappel der Verfolger war bereits deutlich zu hören.
»Ihr müßt es beide zusammen versuchen, du und Madmartigan«, schrie Raziel und schlug heftig mit den Flügeln.
»Ich?« rief Madmartigan fassunglos. »Jetzt ist dieser verdammte Vogel endgültig verrückt geworden.«
Willow warf ihm einen drängenden Blick zu, und Madmartigan versuchte zögernd, in seinen Singsang einzustimmen.
Gleich darauf züngelten plötzlich Flammen aus dem Dornengebüsch, vermehrten sich rasch, griffen immer weiter um sich, und schlugen gen Himmel.

General Kael, der wieder seine furchterregende Totenkopfmaske aufgesetzt hatte, ritt in eben diesem Moment um die letzte Biegung der Schlucht.
Mit harter Hand riß er sein Pferd herum, so daß Sorsha, die dicht hinter ihm geritten war, nur mit Mühe ausweichen konnte.
»Wo sind sie?« fragte Kael mit zornbebender Stimme.
Vor ihnen ragte die gewaltige Wand aus Dornengestrüpp auf. Und mitten durch diese Wand führte ein verkohlter, noch rauchender Pfad von einigen Metern Breite, wo die Dornen bis auf den Grund niedergebrannt waren.

Schweigend sah Kael Sorsha an und zeigte auf die frischen Hufspuren, die sich deutlich in der schwarzen Asche abzeichneten und den schmalen Pfad entlangführten ...

Eine grauenvolle Entdeckung

Die Pferde schritten zügig voran, so als wollten sie diese unheimliche Gegend möglichst schnell hinter sich lassen.
Am Ende des Pfades, der sie aus dem Labyrinth herausführte, kamen sie durch ein großes, in den Fels gehauenes Tor, und dahinter breitete sich ein Meer von Blumen in einem üppigen, fruchtbaren Tal aus.
»Tir Asleen!« krächzte Fin Raziel.
Wie eine märchenhafte Erscheinung erhob sich in einiger Entfernung ein herrliches Schloß mit unzähligen Erkern und Türmen.
»Wir sind gerettet«, rief Willow.
Doch Madmartigan blickte mißtrauisch über die Schulter nach hinten.
»Noch nicht. Beeilen wir uns lieber.«
In vollem Galopp sprengten sie durch das zauberhafte Tal. Willow fühlte sich mittlerweile im Sattel so sicher,

daß er gelegentlich das Sattelhorn losließ. Bald schon ragten gewaltige Mauern vor ihnen auf. Sie hatten das Schloß erreicht.

Willow drückte Elora an sich.
»Jetzt bist du in Sicherheit«, flüsterte er ihr zu. »Der gute König wird dich beschützen und für dich sorgen.«
Elora lachte ihn an, und obwohl Willow erschöpft war, sich müde und schmutzig fühlte, und obwohl er große Sehnsucht nach seiner Familie hatte, lachte er mit. Er konnte gar nicht anders, so ansteckend wirkte ihr Lachen.

»Das Tor steht offen«, bemerkte Madmartigan.
Über ihnen stieß Fin Raziel einen schrillen, klagenden Schrei aus. Sie trabten über die Zugbrücke durch das große Tor in den Schloßhof hinein. Eine unheimliche, bedrückende Stille lag über dem leer und verlassen wirkenden Hof.
Willow zuckte zurück, als er auf einmal mehrere quarzartige Statuen entdeckte, in deren Inneren er offenbar mitten in der Bewegung erstarrte Menschen zu erkennen glaubte.
»Hallo!« rief Madmartigan. Seine Stimme hallte hohl nach.
»Ist da jemand?«
Nichts rührte sich. Willow schauderte zusammen und preßte seine Wange an Eloras Gesicht.
»Wie soll das alles nur enden«, klagte er, »das ist ja ein grauenvoller Ort.«
Madmartigan fuhr wütend herum.
»Warum habe ich nur auf dich gehört, Winzling. Sagtest du nicht, in Tir Asleen würde alles gut werden? Und nun stehen wir hier an diesem verlassenen Ort, und jeden Moment können uns die Verfolger einholen.«
»Aber Cherlindrea behauptete doch, daß wir hier in Sicherheit wären. Ich verstehe das alles doch selbst nicht mehr.«
»In Sicherheit?« wiederholte Madmartigan zynisch. »Sieh dir diese erstarrten Leute an. Dieser Ort ist verflucht und...«
Mitten im Satz brach er ab. Er war mit dem rechten Stiefel in etwas getreten.
»Ein Troll«, rief er angewidert. Er war in Trolldung getreten.
»Ich kann Trolle nicht ausstehen. Ich hasse sie.«
Willow blickte hinauf zu dem Königsbanner auf einem der Türme. Obwohl eine leichte Brise ging, flatterte es nicht im Wind, sondern hing völlig steif herab.
Erstarrt, dachte Willow entsetzt. Alles erstarrt!
Sie näherten sich einer großen Statue. Raziel landete mit schwerem Flügelschlag auf ihr und krächzte: »Der König!«
»Sorshas Vater?« fragte Madmartigan.
Raziel ließ sich fallen und hüpfte in kleinen Kreisen auf dem staubigen Boden herum.
»Das ist Bavmordas Werk. Ihr Fluch

hat diesen Ort getroffen und alles erstarren lassen. Nichts und niemand ist mehr vor ihr sicher.«
Madmartigan kauerte sich nieder und betrachtete nachdenklich seinen Dolch.
»Das wird nicht leicht werden.«
Raziel schlug heftig mit ihren Flügeln.
»Willow – die Wand! Die *Magische Wand*!«
Willow starrte sie ungläubig an.
»Bist du sicher? Willst du wirklich ...«
Seine Stimme versagte. Er schluckte mehrmals hintereinander, brachte aber kein weiteres Wort heraus. Raziel starrte ihn nur mit ihren schwarzen Rabenaugen an, den Kopf leicht schief gelegt.
Madmartigan hatte inzwischen ein Waffenarsenal entdeckt und unterzog es einer genauen Inspektion. Es befand sich in einem dunklen, langgestreckten Raum, gefüllt mit langen Reihen von Speeren, Schilden und Panzerungen aller Art, dazu Armbrüste und alle nur denkbaren Hieb- und Stichwaffen; man hätte eine ganze Armee damit ausrüsten können.
Im Vorübergehen streifte Madmartigan einen Helm, der klirrend zu Boden fiel. Mit einem Satz sprang er beiseite, zog sein Schwert und erkannte danach erst die Ursache des Lärms. Er bog um ein hohes Waffengestell. Sein Blick fiel auf eine goldene Rüstung, die offenbar dem König gehört hatte.
Er schätzte die Größe ab und legte sie dann Stück für Stück an: den breiten Brustpanzer mit einem Lederwams, den Schulterschutz mit den schweren gebogenen Platten, den Beinschutz und die reich verzierten Metallreifen für die Unterarme. Er probierte die vergoldeten Handschuhe – alles paßte ausgezeichnet. Zuletzt setzte er den goldenen Helm auf, der ebenfalls wie für ihn geschaffen zu sein schien, und griff nach dem Schwert.
So ausgerüstet ging Madmartigan den langen Gang entlang, der in den Schloßhof führte, bog um ein Eck und stand einem jungen Mädchen gegenüber, erstarrt in einer der Quarzstatuen. Madmartigan erwiderte unwillkürlich ihr Lächeln, doch es galt nicht ihm, sondern dem ihr gegenüberstehenden Mann, der offenbar gerade dabeigewesen war, auf sie zuzugehen, ehe er ebenfalls mitten in der Bewegung zu einer der seltsamen Statuen erstarrte, die im fahlen Licht seltsam funkelten.
»Ohne jede Vorwarnung«, murmelte Madmartigan. »Sie haben überhaupt nicht gemerkt, was sie getroffen hat. Es muß blitzartig über sie gekommen sein.«
Schnell ging Madmartigan an den beiden erstarrten Gestalten vorbei, die eine eisige Kälte ausstrahlten. Nie wieder würden sie zum Leben erwachen – nicht, so lange Bavmordas Fluch über dem Schloß lag.
Madmartigan betrat den Innenhof und stand dem Quarzblock gegen-

über, der den König gefangenhielt – ein gutaussehender Mann mit roten Haaren und ruhigem Blick. Er mußte gerade jemanden auf der anderen Seite des Hofes begrüßt haben, denn seine Hand war halb zum Gruß erhoben.

Madmartigan entdeckte Willow, der gerade die *Magische Wand* mit einer Hand umklammert hielt und mit eindringlicher Stimme seine Beschwörungen sang.

»Beeil dich, Willow!« Fin Raziels Krächzen klang verzweifelt. »Verwandle mich!«

Vor lauter Anstrengung rannen ihm dicke Schweißperlen über das Gesicht.

»Ich kann es nicht, Raziel. Glaube mir, ich kann es einfach nicht. Ich bin eben kein Zauberer und werde auch nie einer werden.«

»Und doch kannst du es. Du mußt!« Raziels Krächzen klang fast zornig. »Sprich den Zauberspruch!«

Willows Gesicht verkrampfte sich.

Madmartigan trat einen Schritt vor, sein ganzer Körper verwandelte sich mit einem Schlag, strotzte vor Kampfbereitschaft.

»Sie kommen!« rief er laut.

Kael und seine Leute galoppierten durch die mit Blumen übersäten Wiesen auf die breite Zufahrtsstraße zu, die direkt zum Schloß führte. An seiner Seite erkannte man Sorsha.

Willow spürte den Schmerz, der von der *Magischen Wand* in seine beiden Arme ausstrahlte. Er kämpfte verzweifelt dagegen an, aber der Zauber war gebrochen.

»Willow!« kreischte Fin Raziel. Seltsame Verwandlungen gingen mit ihr vor. »Willow!«

Es war zu spät. Der magische Bann zerbrach endgültig, und Fin Raziel blieb in dem Stadium der Verwandlung stecken, das sie gerade erreicht hatte.

Das klägliche Meckern einer weißen Ziege erfüllte den Schloßhof. Willow schlug beide Hände vors Gesicht.

»O nein«, stöhnte er entsetzt. Er hatte getan, was er konnte, und es war doch nicht genug gewesen.

»Beim nächsten Mal schaffst du's«, rief Madmartigan vom anderen Ende des Schloßhofs. Willow wußte nicht, ob diese Worte ironisch oder spöttisch gemeint waren, er wußte lediglich, daß es höchstwahrscheinlich kein nächstes Mal geben würde. Er hatte versagt! Endgültig!

»Geh ans Katapult«, brüllte Madmartigan, »jetzt helfen uns keine Zauberworte mehr.«

Mit flatternden Fahnen, begleitet vom Dröhnen der Kriegshörner, kam General Kael angaloppiert.

In einer Ecke des Schloßhofs stand Fin Raziel in ihrer neuen Gestalt, den Kopf zwischen den Vorderbeinen. Es sah aus, als schämte sie sich.

Angriff auf Tir Asleen

Mit schnellen, geschickten Fingern knüpfte Madmartigan eine Schlinge in das Seil. Er sah auf und schätzte mit einem Blick die Entfernung ab, die Kaels Leute noch bis zum großen Schloßtor zurückzulegen hatten. Sie kamen in breiter Front angeritten. Es gab keine Fluchtmöglichkeit mehr, hier blieb nur noch der Kampf.

»Geh ans Katapult«, rief Madmartigan erneut dem immer noch fassungslos die weiße Ziege anstarrenden Willow zu.

Madmartigan bot einen prächtigen Anblick: das kühn geschnittene Gesicht, das lange, schwarze Haar, dazu das Gleißen und Schimmern der goldenen Rüstung – der »beste Schwertkämpfer der Welt« schien ganz in seinem Element zu sein.

Endlich erwachte Willow aus seiner Erstarrung und folgte Madmartigans Befehl. Er steckte die *Magische Wand* in seine Tasche, riß Elora an sich und eilte mit ihr die Treppe zu einem der Türme hoch, die rechts und links des Eingangstores lagen. Von dort aus rannte er zum Wehrgang hinaus, wo die Schleudermaschine stand. Er hielt nach Steinen Ausschau, entdeckte aber keine.

»Speere«, schrie Madmartigan von unten. »Lade die Schleuder mit Speeren.«

Jetzt sah Willow die Vertiefungen und Halterungen des Katapults, in die eine ganze Anzahl von Speeren gesteckt und auf einmal abgeschossen werden konnten. Alles was fehlte waren die Speere selbst.

»Es sind keine Speere da«, rief Willow hinunter. Die ersten Pfeile von Kaels Männern surrten an ihm vorbei. Er duckte sich hastig.

»Im Arsenal.« Madmartigan deutete auf die kleine Brücke, die direkt hinüber zur Waffenkammer führte. Auf diese Weise konnte der Nachschub ohne jede Verzögerung auf die Brustwehr geschafft werden. »Im Arsenal!« Mit dem letzten Wort rannte er los, auf das große Tor zu. Er stemmte sich erst gegen den einen Flügel, dann gegen den anderen, drückte mit aller Kraft. Kreischend und quietschend begann das gewaltige Tor zuzuschwingen. Durch den immer schmaler werdenden Spalt sah Madmartigan den Ansturm von Kaels Armee. Offenbar hatte er zwischenzeitlich Verstärkung erhalten. Und er sah Sorsha, was ihn einige wertvolle Sekunden kostete. Im allerletzten Moment wuchtete er die schweren Vierkantbalken in die dafür vorgesehenen Halterungen und verbarrikadierte so das Tor. Aufseufzend lehnte er sich dagegen und wischte sich den Schweiß von der Stirn.

»Gute Arbeit, Madmartigan.« Vor ihm stand die weiße Ziege. Bis jetzt

hatte er noch keine Zeit gehabt, sich darüber zu wundern.
»Raziel? Was ist geschehen? Wie konnte das passieren?«
Sie warf einen verächtlichen Blick zu Willow hinauf, der oben an der Brustwehr herumsprang.
»Frag ihn«, blökte sie. »Er kann sich nicht konzentrieren. Er kann sich einfach nicht ...«
Von draußen hämmerten schwere, wuchtige Schläge gegen das Tor. General Kael hatte sein großes, schwarzes Schwert gezogen und schlug damit blind vor Wut auf das Tor ein. Funkenregen sprühten auf, als der Stahl des Schwertes auf die Metallbänder traf, die die schweren Bohlen des Tores verstärkten. Es dauerte eine Weile, bis Kael das Aussichtslose seines Tuns erkannte.
»Rammböcke«, brüllte er. »Holt Rammböcke!«
Seine Männer sahen sich hilflos um. Kael begann zu toben.
»Diesen Baum da!« Er deutete auf einen großen, kräftigen Baum in der Nähe: »Fällt ihn!«
Die Männer rannten los und rückten dem Baum mit kräftigen Axthieben zu Leibe, der bald darauf krachend umstürzte. Nachdem die Äste beseitigt worden waren, blieb der nackte Stamm als mächtiger Rammbock übrig.
Der Angriff auf Tir Asleen begann.

*

Oben auf dem Wall brachte Willow zuerst einmal Elora in Sicherheit. Er wollte gerade losrennen, um die Speere zu holen, als sich urplötzlich ein häßlicher, über und über behaarter Troll von einer der Zinnen fallen ließ und vor ihm landete. Willow stieß einen Schrei aus und sprang voller Entsetzen zurück.
»Hungrig«, jaulte die seltsame, affenähnliche Kreatur und kratzte sich mit kräftigen, langen Fingern das Fell. Die Augen des Trolls glühten rot auf, als er nach Willow griff, der laut aufschrie, Elora in panischer Angst an sich riß und über die hölzerne Brücke rannte, die zur Waffenkammer führte.
Flink wie ein Wiesel hangelte sich der Troll an der Unterseite des Holzsteges entlang. Willow stürmte, Elora unter dem Arm, auf die in die Steinmauer eingelassene Tür zum Waffenarsenal, zerrte daran mit aller Kraft, aber sie rührte sich nicht einen Millimeter.
Der Troll schwang sich von der Unterseite des Steges nach oben und verkündete feierlich: »Hunger!«
Mit seinen haarigen Händen strich er sich über den dicken Bauch. Seine Kiefer begannen obszön zu mahlen und zu schmatzen. Speichel tropfte ihm aus dem Mund. Während er langsam auf Willow zuging, brachte Madmartigan unten im Hof ein gewaltiges Katapult in Stellung, bestückt mit unzähligen Speeren und Pfeilen, spannte Fallstricke und Stol-

perdrähte, während das große Tor unter den wuchtigen Rammstößen der Belagerer erzitterte und jeden Moment in tausend Stücke zu zersplittern schien.

»Die Wand«, schrie Fin Raziel und sprang wie verrückt im Kreis herum, »die *Magische Wand*!«

Gerade wollten sich die Klauen des Trolls um Willows Hals legen, seine abscheuliche Fratze war nur noch wenige Zentimeter von seinem Gesicht entfernt, da zog Willow endlich den magischen Stab aus der Tasche, umklammerte ihn fest mit beiden Händen, hielt ihn dem Troll abwehrend entgegen und murmelte in grenzenloser Angst einen Zauberspruch.

Augenblicklich durchflutete seinen Körper eine gewaltige Energie. Das Ergebnis war so verblüffend, daß er kaum seinen Augen traute: Der Troll begann am ganzen Leib zu zittern, sackte in sich zusammen und begann sich schlagartig in eine gallertartige Masse zu verwandeln, die langsam über den Steg nach unten floß und dort ins Wasser klatschte.

Willow blieb nicht viel Zeit, sich lange über diese merkwürdige Verwandlung zu wundern, denn schon hörte er unten im Hof das berstende Holz des Tores, sah wie Kael und seine Leute mit erhobenen Schwertern angestürmt kamen und von Madmartigan mit einem dichten Hagel von Speeren und Pfeilen begrüßt wurden.

Madmartigan verschanzte sich neben dem Katapult, hinter einer Pyramide aufgetürmter Fässer. Die Angreifer schossen mit Brandpfeilen darauf, und schon bald züngelten Flammen aus den Fässern. Madmartigan stieß mit aller Kraft eines der unteren Fässer aus der Pyramide, brachte diese ins Wanken, und gleich darauf stürzten die brennenden Fässer auf die heranstürmenden Soldaten zu.

Doch Madmartigan wußte, daß er dadurch nur etwas Zeit gewinnen konnte; lange aufhalten würden sich Kaels Leute dadurch wohl kaum. Er war wild entschlossen, ihnen einen guten Kampf zu bieten – auch, wenn es in seinen Augen längst feststand, daß dies sein letzter Kampf werden würde.

»Mach's gut, Winzling«, brüllte er nach oben zu Willow, während er von den Angreifern immer weiter auf den Wassergraben zugedrängt wurde. Verzweifelt schlug er mit dem Schwert um sich, kämpfte mit letzter Kraft, und schien doch verloren zu sein.

Rüde stieß General Kael einige seiner Männer beiseite, um Madmartigan höchstpersönlich den Todesstoß versetzen zu können.

Er holte aus, wollte mit voller Wucht zuschlagen, und verharrte plötzlich in der Bewegung.

Sofort wurde es still. Sehr still. Die Augen der vor Madmartigan stehenden Soldaten weiteten sich vor Entsetzen, während sie langsam, Schritt für Schritt zurückwichen.

Madmartigan wagte es zuerst nicht,

sich abzuwenden, aber als er nun sah, daß auch Kael mit immer noch hoch erhobener Waffe langsam zurückwich, den Blick starr nach vorn gerichtet, drehte er sich vorsichtig um, und sah wie ein gewaltiges Wesen mit zwei feuerspeienden Köpfen sich nach und nach aus der Tiefe des Wassergrabens erhob.
»Ein Eborsisk!« rief Fin Raziel entsetzt. Es war eines jener grauenvollen Monster, die alles zerstören, ohne Unterschied, wenn sie erst einmal zum Leben erweckt werden.
Die vier Augen des grauenvollen Eborsisks öffneten sich, die mächtigen Bögen der Nacken spannten sich. Unaufhaltsam stieg er aus dem Schlamm und Dreck des Grabens hervor, ließ ein dröhnendes, urgewaltiges Röhren hören, wuchs höher und höher, saugte Unmengen von Luft in seine riesigen Nüstern, pustete faulig riechenden Atem über die im Vergleich zu ihm winzigen Männer, wurde größer und größer.
»Bei allen unheiligen Göttern Bavmordas! Ein Eborsisk!« schrie nun auch General Kael mit mächtiger Stimme.
»Tötet ihn, bevor...«
Aber es war längst zu spät.

Der Kampf gegen das Monster

Madmartigan wirbelte herum, sah die riesigen Köpfe des Monsters über sich aufragen, sah wie sich dessen Hälse immer mehr aufblähten, sich mit Gas oder einem ähnlichen brennbaren Gemisch füllten, und duckte sich blitzschnell, als ein gewaltiger Feuersturm über ihn hinwegfegte. Flammen loderten über den ganzen Hof und setzten alles in Brand.
Madmartigan schloß für einen kurzen Moment die Augen. Er, der ja nun wirklich nicht gerade zartbesaitet war, konnte den Anblick der Verwüstung, den das feuerspeiende Monster anrichtete, kaum ertragen.
Wieder blähten sich die Hälse des Eborsisks auf, während Willow fassunglos oben auf der Brücke stand, scheinbar unfähig, sich zu rühren. Er drückte Elora fest an seine Brust, als könne er das Kind so vor dem Monster schützen, als ein neuerlicher Feuerschwall einen Teil der Brücke erfaßte und augenblicklich in Flammen setzte.
Mit einem Schrei des Entsetzens sprang Willow zurück auf den Wehrgang und preßte sich gegen die kühle, glatte Mauer.
Unten im Hof hastete Madmartigan durch das Tor nach draußen. Dabei rammte er im allgemeinen Getümmel

eine Gestalt in leichter Rüstung und stürzte mit ihr zu Boden. Als er sich wieder aufrichtete, erkannte er, wer es war: Sorsha.
»Bist du verletzt?« keuchte er ihr ins Ohr.
Benommen schüttelte sie den Kopf. »Nein, ich bin in Ordnung. Und du?«
Für den Bruchteil einer Sekunde blickten sie sich tief in die Augen, schienen alles um sich herum zu vergessen; dann hörten sie, wie das riesige Monster erneut Luft durch seine gewaltigen Nüstern sog und jeden Moment losspeien konnte.
Madmartigan riß Sorsha hoch, schubste sie mit aller Kraft hinter einen kleinen Steinwall und hechtete ihr nach. Da fegte der Feuersturm auch schon über sie hinweg.
Keuchend lagen Sorsha und Madmartigan nahe aneinander, einer spürte den Atem des anderen, während sich auf dem freien Platz vor dem Schloß diejenigen Männer, die wie durch ein Wunder unverletzt geblieben waren, langsam wieder versammelten.
Gleich darauf sprang Madmartigan auf, zog sein Schwert und lief davon.
»Ihm nach«, brüllte der General mit der Totenkopfmaske.
Sofort folgten ihm einige Soldaten, jagten ihn in einen schmalen Gang zwischen hohen Steinmauern. Im Laufen stolperte einer von Kaels Leuten über einen Draht, den Madmartigan gelegt und mit dem Katapult verbunden hatte, das augenblicklich die geladenen Pfeile und Speere verschoß.
Madmartigan sprang in einen unterirdischen Kanal und flüchtete.

Willow versuchte unterdessen die Flammen, die nun auch den Wehrgang erfaßt hatten, auszutreten. Er hatte es beinahe geschafft, als sich die Köpfe des Monsters in seine Richtung bewegten.
Er warf sich auf den Boden, versuchte mit seinem Körper das Kind zu schützen, und spürte gleich darauf den heißen Odem des Ungeheuers über sich hinwegfegen.
Er richtete sich auf, als könne er es gar nicht glauben, den Angriff überlebt zu haben, da packte ihn von hinten eine haarige Hand: Ein zweiter Troll! Willow riß sich los, versuchte zu flüchten, doch der Troll versperrte ihm den Weg und drängte ihn auf die lodernden Flammen zu.
Willow packte einen brennenden Stock, schlug damit nach dem Angreifer, aber verfehlte ihn. In letzter Minute fielen ihm die magischen Eicheln ein; mit zitternden Fingern holte er eine davon hervor, schleuderte sie nach dem Angreifer und verfehlte ihn abermals.
Nun sprang ein weiterer Troll über die Mauer, während Madmartigan aus dem Mündungsschacht des Abflußkanals auftauchte, die Stufen zum Turm hochraste und Willow eines der herumliegenden Schwerter zuwarf.

Willow bekam es zu fassen, schwang es hoch über seinen Kopf, obwohl es eigentlich viel zu schwer für ihn war, und stieß es mit letzter Kraft dem Troll in die Brust, der augenblicklich zu Boden sank.

»Gut gemacht«, rief Madmartigan anerkennend, als er auf dem Wehrgang angelangt war. Dann sprang er mit einem wilden Kriegsschrei auf den letzten Troll zu, der langsam von hinten auf Willow zukam, holte aus und erledigte ihn mit einem einzigen Schlag.

Willow packte Elora, die etwas abseits auf dem Boden des Wehrgangs gelegen hatte, und lief Madmartigan hinterher, auf die Tür zum Waffenarsenal zu.

Mit einem Ruck blieben beide stehen, als das Holz der Tür zersplitterte und Kaels Männer in schwarzem Wams und schwarzer Rüstung herausdrängten.

Madmartigan warf sich ihnen entgegen, kämpfte wie ein Löwe, als das Ungeheuer im Wassergraben laut hörbar Luft einsog, den Hals aufblähte, und einen der beiden Rachen weit aufriß, bereit, erneut seinen tödlichen Atem zu verströmen.

Mit dem Mut der Verzweiflung stürzte sich Madmartigan von der Brücke und fiel mit dem weit nach vorn gestreckten Schwert genau auf einen Kopf des Monsters, dessen Schwanz unter Wasser wild zu peitschen begann. Das Eborsisk zitterte am ganzen Leib, wodurch Madmartigan abgeschüttelt wurde und zu Boden stürzte. Die wild zuckenden Hälse des Monsters blähten sich ein letztes Mal auf, immer weiter und weiter, bis es schließlich eine ungeheure Explosion gab; fauliger Gestank breitete sich aus, während die Überreste des Eborsisks in alle Winde verstreut wurden.

Sorsha als Lebensretterin

Sorsha stand vor der Statue ihres Vaters. Sie hatte ihn sofort erkannt. Er hatte ihre Haarfarbe, die Farbe ihrer Augen.

»Sorsha ...« Die Stimme klang leise, sehr weit entfernt. Er schien ihr zulächeln zu wollen, aber es gelang ihm nicht.

»Vater«, murmelte Sorsha. Alte, längst vergessen geglaubte Erinnerungen gingen ihr durch den Kopf: sein Lachen, seine freundliche, liebevolle Stimme, die starken, kräftigen Hände, die so zart sein konnten; das alles schien unendlich lange her zu sein... Tränen traten ihr in die Augen.

»Sorsha ... ich bin am Leben ... hilf mir!« ...

Tränen liefen über ihr Gesicht. Sie wandte sich ab, richtete den Blick auf das Chaos um sich herum, sah den kleinen Nelwyn oben auf der Brücke, der den übermächtigen Nockmaar-Soldaten todesmutig Widerstand zu leisten versuchte. Sie hörte seinen Aufschrei, als die Soldaten das Baby an sich rissen. Er schwang das für ihn viel zu große Schwert, stürzte sich auf die Männer, ging in dem Getümmel unter. Sorshas Blick fiel auf General Kael, der seine Leute mit lauten Kommandos unbarmherzig vorantrieb. Und sie sah Madmartigan in seiner goldenen Rüstung, der noch ganz benommen am Boden lag. Der Leutnant und einige seiner Männer stürzten sich gerade mit Speeren und Schwertern auf ihn, aber ein schriller Kriegsschrei ließ sie im letzten Augenblick herumfahren. Sorsha stand mit gezogenem Schwert hinter ihnen und verteidigte Madmartigan wie eine junge Löwin. Sie kämpfte mit aller Kraft, als ginge es um ihr eigenes Leben. Dann streckte sie ihm die Hand entgegen und half ihm auf die Beine.

*

Willow stürzte, immer noch das große Schwert in Händen haltend, die Stufen herab und sah, wie der General mit der Totenkopfmaske triumphierend Elora Danan durch die Luft schwang und mit einem mächtigen Satz im Sattel seines Streitrosses saß. »Folgt mir!« brüllte er mit donnernder Stimme. »Zurück nach Nockmaar!«
Willow hob verzweifelt seinen Arm und schrie: »Haltet ihn! So haltet ihn doch auf!«
Aber der General ritt bereits an der Spitze seiner Mannen aus dem Schloßhof. Als er dort Sorsha und Madmartigan Seite an Seite gegen die restlichen Nockmaar-Soldaten kämpfen sah, schrie er zornig: »Das wirst du büßen, Sorsha!«
In diesem Moment tauchten plötzlich Reiter um Reiter aus dem Felsenlabyrinth auf, dort, wo Willows Zauberspruch und die *Magische Wand* einen schwarzen Pfad in das Dornengestrüpp gebrannt hatte.
Durch das offene Tor erkannte Madmartigan das flatternde Banner Galladoorns. An der Spitze ritt eine große, rotbärtige Gestalt.
»Airk!« jubelte Madmartigan.
Willow taumelte blutend in den Schloßhof.
»Was ist mit dir?« rief Madmartigan.
»Es waren einfach zu viele, ich konnte nichts dagegen machen...«, antwortete der kleine Nelwyn mit schwacher Stimme.
Sorsha führte zwei Pferde heran. Madmartigan sprang auf und hob Willow mit einem Ruck vor sich in den Sattel.
Kaels Männer kämpften gegen Airks

Rechts: Willow mit Fin Raziel, die nach unzähligen kuriosen Verwandlungen endlich ihre eigentliche Gestalt zurückgewonnen hat.

Geschafft: Madmartigan und Sorsha siegten im vereinten Kampf gegen das Böse (oben). Der glückliche Heimkehrer umarmt seine Frau (unten).

Willow beim Abschied von Madmartigan (oben) und bei seiner Ankunft im Dorf der Nelwyns (unten): Das gibt ein rauschendes Fest!

Willow Ufgood auf der Treppe vor seinem Haus. Zum Abschied schenkte ihm Fin Raziel ein dickes, reich verziertes und mit einem goldenen Einband versehenes »Buch der Magie«. Nichts

und niemand wird ihn noch länger daran hindern können, selbst ein großer Zauberer zu werden, und Burglekutt braucht er nun auch nicht mehr zu fürchten.

Willow ist überglücklich, wieder zu Hause bei seiner Familie zu sein: Ranon (links), Mims (rechts oben) und seine Frau Kiaya (unten).

Leute, aber gegen deren Übermacht hatten sie kaum eine Chance.
Nur dem General selbst gelang die Flucht.

*

Madmartigan ritt auf Airk zu, um ihn zu begrüßen. Als dieser Sorsha an seiner Seite entdeckte, verschwand sein Lächeln augenblicklich, und er zog sein Schwert:
»Nun ist es um dich geschehen!« rief er drohend, aber Madmartigan drängte sein Pferd zwischen die beiden, hob abwehrend die Hand und sagte:
»Halt! Du irrst dich. Sorsha hat mir das Leben gerettet. Sie steht nun auf unserer Seite und reitet mit mir!«
Airk zögerte kurz, dann entspannten sich seine Gesichtszüge.
Willow fühlte sich hundeelend. Sollte nun alles umsonst gewesen sein? Alle Gefahren, die sie auf sich genommen hatten? Und nun ritt General Kael mit Elora zur Festung Nockmaar.
Da ertönte ein schriller Schrei.
»Los, folgt mir, Attacke!«
Franjean und Rool tauchten auf einmal auf und schwenkten winzige Fahnen und Schwerter.
»Sei gegrüßt, Willow«, rief Rool. »Mach dir keine Sorgen; jetzt, wo wir wieder bei dir sind, kann doch nichts mehr passieren.«
Doch Willow hatte im Augenblick keinen Sinn für derartige Späße. Er blutete immer noch leicht an der Stirn und fühlte sich furchtbar schwach, kaum daß er sich vor Madmartigan im Sattel halten konnte.
»Keine weiteren Verzögerungen, bitte«, sagte da die meckerende Stimme eine weißen Ziege. Es war Fin Raziel, die sich bis jetzt versteckt gehalten hatte. Nun scharrte sie ungeduldig mit den Vorderhufen: »Auf nach Nockmaar!«

Elora in Bavmordas Gewalt

Der General mit der Totenkopfmaske galoppierte auf die Festung Nockmaar zu. Er trieb seinen mächtigen Hengst zu einer letzten Anstrengung an, peitschte mit der freien Hand wie wild auf das arme gepeinigte Tier ein und donnerte gleich darauf über den Wassergraben in das Innere der Festung.
Dort riß er sein Pferd hart am Zügel, sprang ab und schlug Alarm:
»Alle Mann auf ihre Posten«, befahl er. »Schließt das Tor und zieht die Brücke nach oben.«

Links: Am Ende einer langen, gefahrvollen Reise. Noch oft wird Willow an all die zurückliegenden Abenteuer zurückdenken.

Dann eilte er mit langen Schritten davon, Elora mit eisernem Griff unter dem Arm haltend.

Unten im Tal spähte Airk in die tiefer werdenden Schatten. Dort, eingehüllt von treibenden Nebelschwaden, lag Nockmaar. Die gewaltige Festung schien geradewegs in den schiefergrauen Himmel aufzuragen.
Franjean und Rool steckten schnell ihre Köpfe zurück in Airks Satteltasche, als sie Nockmaar erkannten.
»Gibt es irgendeinen geheimen Weg hinein?« fragte Madmartigan ganz ruhig.
»Nein«, antwortete Sorsha. »Die Festung ist von allen Seiten geschützt.«
Sie ritten bis zum Wassergraben vor. Airk hatte etwa zweihundert Männer um sich versammelt, die allesamt fest entschlossen waren, Bavmordas Schreckensherrschaft endlich zu beenden.
Jahrelang waren sie unterdrückt, gedemütigt und ausgebeutet worden; in ihren Familien herrschte Kummer und Elend, und alle wußten, daß dieser Kampf möglicherweise ihr letzter sein würde. Aber schlimmer als unter Bavmordas Tyrannei konnte es nicht mehr werden: Sie hatten nichts mehr zu verlieren.
»Wir brauchen Sturmleitern und einen Rammbock«, sagte Airk. »Baut das Lager auf. Morgen früh, bei Tagesanbruch, werden wir sofort angreifen.«
»Aber jeder Angriff ist zum Scheitern verurteilt«, warnte Sorsha.
Doch Airk schüttelte nur den Kopf. Seine Männer begannen damit, die Zelte aufzuschlagen, und die Pferde zu versorgen.

*

Das langsam fahler werdende Sonnenlicht reichte kaum mehr bis in den gewaltigen Thronsaal hinein. Zwei Druiden beobachteten aufmerksam, wie Bavmorda eine Kiste mit magischen Gegenständen inspizierte. Sie sah unwillig auf, als sich laute Schritte näherten. Ein gefährliches Licht blitzte in ihren Augen auf.
»Wer wagt es?« fragte sie und drehte sich um. »Kael!«
Der General näherte sich mit demütig zu Boden gesenktem Blick und reichte ihr das Kind.
»Hier! Meine Königin.«
Mit haßverzerrtem Gesicht streckte Bavmorda die Arme nach Elora aus. Das also war das Kind, das nach der Prophezeiung eines Tages all ihre Macht brechen würde. Sie lachte böse. Um ihre Mundwinkel spielte ein grausamer Zug.
»Gut, Kael. Sehr gut!«
Sie atmete tief durch. Nun würde sie es zu verhindern wissen, daß die Prophezeiung sich bewahrheitete.
»Bereitet alles vor! Wir wollen sofort mit dem Ritual beginnen!«
Sie drehte sich zur Seite, als ihr noch etwas einfiel.

»Wo ist Sorsha?« fragte sie den General.
»Sie hat sich gegen Euch gewandt, Hoheit!« Kael senkte erneut den Kopf, als fürchte er, geschlagen zu werden.
Eine ganze Weile schwieg Bavmorda. Nur das leise Wimmern Eloras war zu hören.
»So!« sagte sie dann. »Nun, ich will mich später um das kleine Biest kümmern. Sie soll ihrer Strafe nicht entgehen.«
An die Druiden gewandt, befahl sie: »Beginnt mit der Reinigung des Altars!« Dann stürzte sie hinaus.
Etwas später erschien sie oben auf dem Wehrgang und sah hinab auf die Feuerstellen von Airks Leuten.
»Das ist keine Armee, die uns gefährlich werden könnte«, sagte sie und lachte verächtlich. »Das ist nichts als ein jämmerlicher Haufen Dahergelaufener!«
»Aber sie scheinen zu allem entschlossen zu sein«, entgegnete der General.
Als hätten die Männer auf dem Platz vor der Festung Bavmordas unheilvollen Blick gespürt, sahen sie nach oben.
Es war ein düsteres, gespenstisch anmutendes Bild. Von flackerndem Schein der Fackeln beleuchtet stand Bavmorda zwischen schwarzgekleideten Landsknechten und verzog höhnisch das Gesicht.
Da stürzte Raziel aufgeregt auf Willow zu.
»Schnell, Willow, versteck dich!«
Sie stieß ihn mit dem Kopf ins nächstgelegene Zelt hinein und folgte ihm. Kopfschüttelnd richtete er sich wieder auf und sah die weiße Ziege an.
»Was soll das denn? Was ist los?«
»Den Schutzgesang!« rief Fin Raziel. »Du mußt dich schützen, frag nicht lang warum!« Sie stampfte wütend mit den Vorderhufen auf.
»Schnell! Glaubst du vielleicht, Bavmorda wartet bis morgen früh? Los, fang an, ehe es zu spät ist!«
Willow holte die *Magische Wand* hervor und begann einen seiner mystischen Zaubergesänge.
In der Zwischenzeit trat Madmartigan nach vorne und baute sich am Rand des Wassergrabens auf.
»Wir sind gekommen, um Elora Danan zu holen«, rief er in forschem Ton zu Bavmorda hinauf. »Übergib sie uns freiwillig, oder du wirst es noch bereuen!«
Die böse Königin lachte schrill. Sie deutete mit einem langen, knochigen Finger auf ihn und rief:
»Du wagst es, mich herauszufordern? Du Narr. Sieh dich doch an, was du bist. Denkst du etwa, ich fürchte mich vor einem Schwein?«
Ihre Hand holte weit aus, während sie einen schrecklichen Fluch auf Madmartigan herabschleuderte, dessen goldene Rüstung zerbrach. Eine seltsame Verwandlung schien in ihm vorzugehen.
»Ihr seid alle Ferkel!« rief Bavmorda mit hysterischer Stimme. Erneut hob

sie ihre Hand und schleuderte sie mit einem Fluch über die Männer dort unten.
Panik brach aus. Airks Leute warfen ihre Waffen und Schilde fort und versuchten davonzulaufen.
Aber es gab kein Entrinnen.
»Mutter! Nein!« schrie Sorsha und hob flehend die Hände. »Bitte nicht!«
»Du hast deine Wahl getroffen«, rief Bavmorda mit harter, grausamer Stimme. »Aber du hast dich für die falsche Seite entschieden. Ich habe dich davor gewarnt, ungehorsam zu sein. Nun wirst du es mir büßen!«
Ihr langer Finger zeigte unerbittlich auf Sorsha, die sich langsam wie alle anderen in ein kleines Ferkel zu verwandeln begann. Schließlich waren auf dem Platz vor der Festung nur mehr grunzende und quiekende Schweine zu sehen, die aufgeschreckt hin und her liefen und sich in der Aufregung gegenseitig über den Haufen rannten.

Das Ritual beginnt

Bavmorda stieß die Tür zum Turmzimmer auf. Ihr Blick konzentrierte sich auf den Opferaltar, der aus mattschimmerndem Kupfer gefertigt war. Gerade legten die Druiden Elora auf den Altar und banden sie mit zwei Lederriemen fest. Sie war vor Angst und Schrekken in eine tiefe Ohnmacht gefallen; so blieb es ihr wenigstens erspart, all die grauenvollen Vorbereitungen des Rituals mitansehen zu müssen.
»Zündet die erste Kerze an«, befahl Bavmorda. Ihre Stimme hallte dunkel von den schwarzen Felswänden zurück.
Ein Druide ging zu einem dunklen Tuch, auf dem dreizehn riesengroße Kerzen standen und zündete eine davon an.
Bavmorda erhob die Arme im aufflackernden Licht, starrte mit irrem Blick nach oben und murmelte einen Zauberspruch.
Ein zufriedenes Lächeln zeigte sich auf ihren Lippen, als die ersten Blitze grell aufleuchteten. Der zweite Druide schlug mit einem Schlegel auf einen gewaltigen Gong, dessen dunkel grollender Ton weit in die finstere Landschaft hinausschwang.
»Dunkle Runen, dunkle Mächte, vereinigt euch zur Nacht der Nächte! Stärkt die Kraft von Nockmaar!«
Bavmorda ging auf das Kind zu und schnitt mit raschen Bewegungen drei Locken von ihrem Haar ab. Ein kalter Hauch wehte durch den Turm und ließ die Kerze unruhig flackern. Dann warf die böse Königin Eloras

Locken in eine von fünf aufgestellten Flaschen.
»Schwarzes Feuer, das in dir wohnt, zeig uns deine Macht!«
Im Inneren der Flasche zischelte und brodelte es.
Erneut schwang der Druide mit dem Schlegel auf den Gong.

*

Willow sang mit geschlossenen Augen. Tiefe Erschöpfung zeichnete sein Gesicht, er war am Ende seiner Kraft.
Fin Raziel stupste ihn sanft mit den Hörnern an.
»Du kannst aufhören, Willow. Du hast deine Sache gut gemacht.«
Willow wollte etwas erwidern, als ein kräftiges Grunzen an sein Ohr drang. Er kroch aus dem Zelt, richtete sich auf, hielt jedoch mitten in der Bewegung inne, als er sah, was in der Zwischenzeit geschehen war. Dicht vor ihm drängten sich zwei kleine Ferkelchen, die einmal Franjean und Rool gewesen waren.
Willow fiel auf die Knie. Das war zuviel für ihn.
»Alles umsonst«, jammerte er, »ich habe versagt!«
»Wir können Bavmorda immer noch besiegen«, widersprach Fin Raziel, doch Willow schüttelte mutlos den Kopf.
»Wir haben alles versucht. Sie ist einfach übermächtig.«
Raziel geriet in Zorn.
»Du darfst nicht aufgeben, hörst du! Verwandle mich endlich. Wenn du mir meine ursprüngliche Gestalt wiedergegeben hast, werden wir es schon mit Bavmorda aufnehmen können, du wirst schon sehen! Los, zeichne ein Hexagramm!«
Willow nahm eins der herumliegenden Schwerter und zeichnete einen Kreis mit merkwürdigen Symbolen um die Ziege herum.
Dann zog er die *Magische Wand* aus seiner Tasche, umklammerte sie mit beiden Händen, schloß die Augen und murmelte unaufhörlich Zaubersprüche vor sich hin.
Raziel begann unmerklich, sich aufs neue zu verwandeln.
Willow spürte, wie seine Kräfte ihn endgültig zu verlassen schienen. So sehr er sich auch abmühte, es fiel ihm immer schwerer, sich zu konzentrieren.
»Gib nicht auf, Willow, du schaffst es!« rief Raziel mit einer seltsam fern klingenden Stimme.
Er tat, was er konnte. Mit geschlossenen Augen hielt er den Zauberstab fest umklammert, während Fin Raziel sich zuerst in ein nicht näher zu bestimmendes Wesen, dann in einen Hirsch, in einen Pfau und schließlich in eine alte Frau verwandelte. Endlich war es geschafft. Willow öffnete erschöpft die Augen. Fin Raziel hatte ihre eigentliche Gestalt wiedergewonnen.
»Raziel«, rief er. »Bist du es wirklich?«

Sie betrachtete ihre knochigen Hände, als könne sie es selbst noch kaum fassen. Dann sah sie ihn an, und Willow merkte, wie sie augenblicklich ihre alte Energie zurückgewann.

»Ja, ich bin es«, sagte sie und nahm ihm die *Magische Wand* aus den zitternden Fingern.

»Wir dürfen keine Zeit mehr verlieren«, sagte sie. »Als erstes wollen wir Bavmordas Fluch rückgängig machen.«

Sie sprach ein paar Zauberworte, und augenblicklich verwandelten sich alle wieder in ihre eigentliche Gestalt zurück.

Bald darauf trafen sich Madmartigan, Sorsha, Willow, Airk und Fin Raziel in einem großen Zelt und besprachen, was sie weiter zu tun hatten.

»Bis ins Innere der Festung schaffen wir es nie«, befürchtete Airk. »Meine Männer sind noch ganz geschockt. Es wird eine Weile dauern, bis sie sich von den Schrecken der Verwandlung wieder ganz erholt haben.«

Sorsha schüttelte den Kopf. »Es geht um Elora. Ihr Schicksal ist besiegelt...«

»... beim dreizehnten Gongschlag«, bekräftigte Fin Raziel.

»Bavmorda ist zu mächtig«, rief einer von Airks Leuten, der nun ebenfalls ins Zelt gekommen war.

Raziel erhob ihre Hand. »Sie wird euch kein zweites Mal verwandeln können. Meine Zauberkräfte werden euch davor schützen.

»Können uns deine Zauberkräfte nicht auch einen Weg in die Festung zeigen?« fragte Madmartigan hoffnungsvoll.

Aber sie schüttelte nur bekümmert den Kopf.

»Es ist aussichtslos«, knurrte Airk, der seine Männer nicht einem sinnlosen Angriff aussetzen wollte.

Da rief plötzlich Willow: »Wartet mal, ich habe eine Idee.«

Alle sahen ihn fragend an. Madmartigan strich ihm sanft über den Kopf: »Ich weiß, was du für Anstrengungen hinter dir hast. Und dann die Verletzung...«

Aber Willow wehrte ungeduldig ab. Er fühlte neue Kräfte in sich aufsteigen, seine eigene Idee schien ihn zu beflügeln, und die Wunde an der Stirn war längst getrocknet und würde schon bald nicht mehr zu sehen sein.

»Laß mich«, sagte er, »ich glaube, ich weiß, wie wir in die Festung gelangen. Hört mir gut zu.«

Alle drängten sich näher, damit ihnen auch keines seiner Worte entging.

Als Willow zu Ende gesprochen hatte, meinte Airk:

»Unmöglich. Viel zu viel Arbeit. Damit sind wir niemals bis zum Morgengrauen fertig.«

»Ich glaube auch nicht, daß Kael darauf hereinfällt«, meinte Sorsha zweifelnd.

Willow sah Madmartigan gerade in die Augen.

»Wir haben keine andere Wahl. Elora braucht uns. Wir dürfen nichts unversucht lassen.«
»Ich weiß nicht recht«, meinte Madmartigan, »die Chancen stehen nicht gut für uns.«
»Komm schon«, sagte Airk, »du weißt so gut wie ich, daß dieser Plan niemals gelingen kann!«
Alle zuckten zusammen, als sie einen weiteren Gongschlag aus dem Turm der Festung Nockmaar schallen hörten.
»Wenn das Kind stirbt«, sprach Raziel, »ist jede Hoffnung auf eine gute Zukunft verloren. Wir *müssen* es versuchen. Eloras Schicksal ist auch unser eigenes. Ich werde kämpfen.«
Willow trat neben sie: »Ich auch.«
Unterdessen nahm im Opferturm ein grausiges Ritual seinen Lauf. Bavmorda war wild entschlossen, die Prophezeiung rückgängig zu machen. Mit bebenden Lippen murmelte sie düster klingende Beschwörungen, die Hände gen Himmel gerichtet. Blitze durchzuckten immer wieder den Raum, den ein schwaches Kerzenlicht kaum erhellte; dann sah man Bavmordas zu einer abscheulichen Grimasse verzerrtes Gesicht grell aufleuchten, für einen kurzen Moment.
Ihre Stimme klang hart und metallisch. Unerbittlich wiederholte sie irgendwelche Zauberformeln. Und immer wieder rief sie: »Verbanne das Kind in die Dreizehnte Nacht!«
Der fünfte Gongschlag hallte durch die Nacht. Eine unsichtbare Hand hob das ohnmächtige Kind vom Altar, daß es freischwebend in der Luft hing. Aus der Ferne klang ein tiefer, mächtiger Donner ...

Fin Raziels Kampf gegen Bavmorda

Blutrot färbte sich der Horizont, als endlich der Morgen graute. Dumpf dröhnte der zwölfte Gongschlag über das verlassen wirkende Land.
Airks Leute schienen wie vom Erdboden verschwunden zu sein. Zurückgeblieben waren eingestürzte Zelte, zerbrochene Wagen und Karren, und achtlos weggeworfene Schilde. Der Wind fegte über die schwarze Erde, trieb Staub und Dreck vor sich her.
Willow und Raziel standen vor dem großen Tor, nur durch den breiten Wassergraben von der Festung getrennt.
»Fin ...« Willow zögerte, sah sich unsicher um. Sie nickte ihm aufmunternd zu.
»Willow, ich habe all die Jahre gewartet, um Bavmorda gegenübertre-

ten zu können. Nun ist es endlich soweit. Und du allein hast das ermöglicht. Was auch immer geschehen mag, du kannst stolz auf dich sein.«
Verlegen nestelte Willow Kiayas Haarzopf hervor, betrachtete ihn lange und drückte ihn kurz an die Wange. Für einen Moment schien ihm seine Frau ganz nahe zu sein, als könne er hören, wie sie ihm Zuversicht und Mut zuspreche.

Oben auf dem Wehrgang eilte Kael auf einen Wachposten zu, der eben zu den beiden hinunterdeutete.
»Ergebt euch!« rief Fin Raziel und trat einen kleinen Schritt vor.
»Wir sind allmächtige Zauberer«, schrie der kleine Willow mit vor Erregung fast überschnappender Stimme. »Gebt uns das Kind, oder es wird euch noch sehr leid tun!«
Die Nockmaar-Soldaten brüllten vor Lachen.
»Vernichtet sie!« sagte schließlich General Kael mit eisiger Stimme in das allgemeine Gelächter hinein.
Die große Zugbrücke rasselte herab, senkte sich über den Wassergraben. Nervös klammerte sich Willow an seinen Speer.
»Geduld, Willow«, sagte Raziel.
Acht Reiter donnerten mit gezückten Schwertern über die Brücke. Willow hob mit beiden Händen seinen Speer, wandte sich ab und knallte ihn mit voller Wucht gegen eine Kriegstrommel, deren dröhnender Klang über die Vulkanlandschaft hallte.
Das war das Zeichen: Wie aus dem Boden hervorgezaubert tauchte plötzlich Madmartigan im Sattel seines Pferdes auf. Um ihn herum begann auf einmal sich überall etwas zu rühren. Zeltplanen und Schilde flogen beiseite, und aus Gruben und Gräben preschten Airks Leute hervor.
Ein gewaltiger Kriegsschrei ertönte, als sie zum Sturm auf die Festung ansetzten.
Die acht Soldaten von Nockmaar, die geglaubt hatten, mit Willow und Fin Raziel ein leichtes Spiel zu haben, traten eilig die Flucht an.
Airk riß im Vorbeireiten Willow zu sich in den Sattel, während Sorsha das gleiche mit Raziel machte. Noch ehe die Zugbrücke sich wieder heben konnte, donnerten sie darüber hinweg in den Schloßhof.

Mit mächtigen Schwerthieben jagte Madmartigan einige Soldaten in die Flucht. Etwas von ihm entfernt glitten Sorsha und Raziel aus dem Sattel.
»Sorsha! Du bist mein Mond, meine Sonne, mein Sternenhimmel«, rief Madmartigan in übertriebenem Ton.
Sie warf ihm einen seltsamen Blick zu.
»Ich meine es ernst.«
Er beugte sich aus dem Sattel und gab ihr einen Kuß. Leicht verwirrt löste sich Sorsha aus der Umarmung und ging Willow und Raziel voran.
»Hier entlang«, sagte sie leise. Hinter sich hörte sie die Pferde von Airk

und Madmartigan schnauben und stampfen.
»Auf sie, Männer!« rief Airk. Mit blitzenden Schwertern galoppierten sie über den Schloßhof auf den Feind zu.
Während draußen die Schlacht begann, eilten Sorsha, Willow und Raziel einen düsteren Korridor entlang. Willow wollte gerade um eine Ecke biegen, als Sorsha ihn mit einem heftigen Ruck zurückriß.
»Willow, nicht!«
Ein gewaltiger Killerhund sprang mit geiferndem Knurren vor und stürzte, von Sorshas Schwert tödlich getroffen, zu Boden. Vor lauter Aufregung zitterten Willow die Beine. Die beiden Frauen faßten ihn an den Händen und zogen ihn tiefer in den dunklen Tunnel hinein. So leise wie möglich stiegen sie die düstere Wendeltreppe hoch, die zu Bavmordas Turm führte. Plötzlich ertönte ein durchdringendes Kreischen, und die Tür wackelte und bebte in den Angeln. Willow sank auf die Knie, halb gelähmt vor Entsetzen.
»Ich kann nicht weiter«, stöhnte er verzweifelt.
»Es ist schon gut«, sagte Raziel. »Du mußt auch nicht weiter. Du hast deinen Teil geleistet.«
Gemeinsam mit Sorsha ging sie auf die Tür zu und öffnete sie. Ein eiskalter Windstoß fuhr durch den Raum und löschte die zwölf Kerzen. Bavmorda, die vor dem Altar kniete, erfaßte augenblicklich, was geschehen war. Ohne den Kopf zu wenden, murmelte sie: »Raziel...«
Dann drehte sie sich um. Ihr Gesicht war nun vollends zu einer verzerrten Fratze geworden. »Gut, sehr gut... Jetzt wirst du Zeuge meines größten Triumphs werden.«
Sorsha machte einen Schritt auf sie zu, doch der Haß, der ihr entgegenschlug, ließ sie erstarren.
»Mutter, ich...«
»Mutter!« Bavmorda spuckte das Wort förmlich aus.
»Ich habe meinen Vater gesehen«, sagte Sorsha. »Er lebt. Und ich habe gesehen, was du ihm angetan hast.«
Bavmordas lange Finger verkrallten sich vor Wut und Haß. »Verräterin! Wie ich dich verachte!« Sie machte eine kurze, schleudernde Geste aus dem Handgelenk heraus, und die beiden Druiden stürzten vor. Sorsha trat ihnen entgegen, stellte sich mit blankem Schwert vor Raziel und schlug die beiden mit kurzen, schweren Hieben nieder. Dann lief sie rasch zu Elora Danan, die immer noch ohnmächtig auf dem Kupferaltar lag.
»Ich werde nicht zulassen, daß du Elora antust, was du ihrer Mutter angetan hast!« sagte Sorsha fest. Ihre Augen funkelten. Sie war schöner denn je.
»Hinfort!« rief Bavmorda und sagte eine Zauberformel auf.
Über ihren Köpfen zuckten grelle Lichtblitze. Sorsha stürzte vor, wollte das Kind vom Altar nehmen, doch eine mächtige Kraft stoppte sie, hob

sie in die Luft und schleuderte sie auf eine Wand mit aufgerichteten Speeren zu. Gerade als die scharfen Spitzen sie zu durchbohren drohten, hielt eine andere Kraft sie auf.

»Du bist stärker geworden, Raziel«, gestand Bavmorda widerwillig.

Raziel holte die *Magische Wand* hervor.

»Ich besitze Cherlindreas Wand.«

Aus dem Nichts heraus schleuderte Bavmorda eine mächtige Streitaxt auf Raziel, die nur leicht die Hand hob. Bewegungslos verharrte die Axt mitten in der Luft.

»Du kannst unsere vereinten Kräfte nicht besiegen«, sagte Raziel lächelnd. Ihr konzentrierter Wille schleuderte die Axt auf Bavmorda zurück, deren geballte Faust nach oben zuckte. Mit einem heftigen Knall explodierte die Axt.

»Elora Danan wird Königin werden.« Raziels Stimme klang ernst und ruhig.

Die beiden Zauberinnen standen sich gegenüber. Keine ließ die andere auch nur eine Sekunde aus den Augen. Die Luft knisterte förmlich.

Bavmordas Gesicht schien zu versteinern. An der Wand hinter Raziel erschienen plötzlich mehrere Wasserspeier.

»Es gibt niemanden, der sich mit deiner Zauberkraft messen könnte, Bavmorda. Außer mir!«

Raziel wirbelte herum und berührte die Wasserspeier mit ihrem Zauberstab.

»Mein Ritual wird die Prophezeiung zunichte machen, Raziel. Das Kind wird in die Dreizehnte Nacht verbannt werden – in die große Vergessenheit!«

Ein Feuerball raste auf Fin Raziel zu, die sofort in Flammen stand. Raziel streckte die *Magische Wand* vor und sprach einen Gegenzauber.

Bavmorda erstarrte zu Eis. In das Schweigen hinein öffnete sich leise die Tür. Vorsichtig drückte sich Willow durch den Spalt und schlich an der Wand entlang zum Altar.

Bavmordas Eisblock knisterte, sprang klirrend auseinander. Ein Sturm fegte durch den Raum. Willow duckte sich, versuchte den herumfliegenden Gegenständen und dem Funkenregen auszuweichen. Wieder schoß Bavmordas Faust in die Höhe. Mit erstickender Stimme rief sie neue magische Beschwörungen.

Eine Säule stürzte auf Raziel nieder. Sie tastete nach dem Zauberstab, der ihr entfallen war und knapp außerhalb ihrer Reichweite lag. Mit einem Triumphschrei kam Bavmorda auf sie zu und schleuderte ihr einen weiteren Feuerball entgegen.

Wie von einem Magneten angezogen sprang die *Magische Wand* in Raziels Hand. Sofort richtete sie diese gegen Bavmorda.

Von einer unsichtbaren Macht wurde Bavmorda zur Decke emporgezogen. Sie knallte gegen Balken und Säulen und stürzte schließlich zu Boden, wo sie regungslos liegenblieb.

Raziel atmete befreit durch und näherte sich Bavmorda. Doch plötzlich sprang Bavmorda auf und stürzte sich auf Raziel. Ein gewaltiger Kampf um die *Magische Wand* entbrannte. Energieblitze schossen durch die Gegend, trafen auf Tische und Stühle und verwandelten diese in schreckliche Monster. Chaos brach aus.

*

Die Schlacht tobte hin und her. Madmartigan wurde das Pferd unter dem Leib weggeschossen. Mit einem Satz war er wieder auf den Beinen und kämpfte zu Fuß weiter. Airk lief eine Steintreppe zu einer Brustwehr hoch, auf der ein Kessel mit siedendem Öl stand. Er stürzte den Kessel auf eine Stellung von Nockmaar-Soldaten, die sich unten im Hof eingeigelt hatten.

Kael stieß einen lauten Kriegsschrei aus. Mit seinem gewaltigen schwarzen Schwert und einer Streitaxt bewaffnet stürzte er sich auf Airk. Oben auf dem Festungswall entbrannte ein furchtbarer Kampf, während im Hof Madmartigan sechs Gegnern gleichzeitig zu Leibe rückte. Dann hörte er einen Schrei, blickte auf und sah, wie Kael mit einem mächtigen Hieb Airk niederstreckte. Er schleuderte dem letzten der Landsknechte sein Schwert entgegen und rannte die Stufen hoch.

Es war zu spät. Airk lag tödlich getroffen auf dem Boden.

Madmartigan hetzte hinter Kael her. Vor dem Aufgang zu Bavmordas Turm stellte er ihn. Funkensprühend klirrten die Schwerter aufeinander. Der Kampf wogte kurz hin und her, dann bekam Madmartigan langsam die Oberhand. Unerbittlich trieb er den General auf ein Geländer zu und versetzte ihm endlich den entscheidenden Stoß. Mit einem wilden Aufschrei stürzte Kael über das Geländer nach unten und klatschte in den giftigen Sumpf des Wassergrabens.

*

Der Turmsaal war ein einziger Ort der Verwüstung. Während Willow durch das Chaos auf den Altar zutaumelte, wurde Raziel von einem von Bavmorda geschleuderten Steingefäß schwer getroffen. Die *Magische Wand* segelte in hohem Bogen davon. Sofort setzte Bavmorda nach, begann Raziel zu würgen. Als diese bewußtlos zu Boden sank, nahm Willow das Kind vom Altar und huschte davon. Doch der tobende Sturm hatte sich gelegt, Bavmorda hörte ein Geräusch und sah den leeren Altar. Sie wirbelte herum und knallte die Tür zu. Willow saß in der Falle.

»Bring das Kind her, du Zwerg!«

Ihre Stimme dröhnte laut in Willows Ohren.

»Wer bist du?« fragte sie.

»Ich heiße Willow Ufgood. Ich bin ein großer Zauberer. Größer als Raziel. Sogar größer als du.«

Bavmorda lachte schrill. Langsam ging Willow auf sie zu, eine Hand in der Tasche. Er holte seine letzte magische Eichel hervor.

»Ich bin der *allergrößte* Zauberer.«

Und damit schleuderte er Bavmorda die Eichel entgegen. Ihre Hand schoß vor, fing die Eichel auf, die sofort zu wirken begann. Bavmordas Hand, ihr Handgelenk, ihr Arm versteinerte.

Mit einem Triumphgefühl ohnegleichen wich Willow zurück. Er hatte gesiegt. Doch Bavmorda mobilisierte die letzten Kräfte ihres bösen Willens, kämpfte gegen die Magie der Eichel an, drängte den Zauber zurück. Ihr Arm, ihr Handgelenk und ihre Hand wurden wieder lebendig. Sie zerquetschte die Eichel zwischen den Fingern und ließ sie zu Boden fallen.

»Ist das alles, was du kannst, Kleiner?« fragte sie höhnisch.

»Jetzt wirst du erleben, wie ich mit der Kraft des Universums dieses Kind ins Nichts der Dreizehnten Nacht schicken werde. Leg es auf den Altar!«

»Nein!«

»Nein?«

»Du dämliche Hexe«, sagte Willow. »Mit meiner Magie schick ich Elora...«, er suchte nach dem richtigen Wort, »...in ein Reich, wo das Böse sie nicht mehr erreichen kann.«

»Einen solchen Ort gibt es nicht!« Bavmorda grunzte verächtlich. »Du bist kein Zauberer, sondern ein Scharlatan! Ein Clown! Du wirst mit dem Kind im Nichts verschwinden!«

Ein kurzer Wink und Cherlindreas Wand flog in ihre Hand.

In diesem Augenblick schüttelte Willow seinen Umhang und machte eine huschende Bewegung. Elora war verschwunden.

»Was?« schrie Bavmorda und stürzte vor. »Das ist doch unmöglich!« Ihr Kleid streifte die letzte jener mysteriösen Zauberflaschen, die auf einem kleinen Tisch neben dem Altar bereitgestanden hatten.

Dicke, ölige Flüssigkeit ergoß sich augenblicklich daraus, umspülte dann ihre Füße – dann wandte sich ihre eigene Magie gegen sie selbst, und sie wurde ein Opfer des von ihr vorbereiteten Rituals einer Reise ohne Wiederkehr ins Nichts der Dreizehnten Nacht.

Ein gewaltiger Blitz durchzuckte den Raum, und gleich danach blieb von Bavmorda nichts anderes übrig als seltsam wallende Nebelschwaden, die sich kurz darauf ebenfalls in Nichts auflösten.

Madmartigan stürzte ins Turmzimmer und riß Sorsha in seine Arme, die soeben aus ihrer Bewußtlosigkeit erwachte, während Willow sich um Fin Raziel kümmerte.

»Willow? Wo ist das Kind?« fragte sie, als er ihr die Hand gab.

»Hier«, antwortete er, griff in die Geheimtasche seines Umhangs und hielt gleich darauf Elora Danan in seinen Armen.

Willows glückliche Heimkehr

Wie hast du das nur gemacht?« fragte Raziel. »Warum konntest du Elora so schnell verschwinden lassen?«
»Ach«, meinte Willow verlegen, »das war nur ein alter Trick, mit dem ich zu Hause auf unseren Dorffesten manchmal kleine Ferkel wegzaubere.«

Einige Tage später war die Festung Nockmaar bunt geschmückt und hatte viel von ihrem einst so furchterregenden Aussehen verloren. Tir Asleen und Nockmaar waren zu einem einzigen Königreich vereint, in dem es nun neue Hoffnung auf Gerechtigkeit gab. Überall herrschte wieder munteres, fröhliches Treiben, und selbst zwischen dem kargen Vulkangestein zeigten sich vereinzelt, wie nach einem langen heftigen Regenguß, noch nie gesehene farbenprächtige Pflanzen.

Im großen Hof des Königsschlosses von Tir Asleen stand Willow neben einem kleinen, schneeweißen Pony. Alle hatten sich zu seinem Abschied versammelt. Die Wunde an seiner Stirn war längst verheilt, er hatte neue Kräfte gesammelt und fühlte sich gut wie nie zuvor.
Madmartigan legte stolz einen Arm um Sorsha, die Elora, als wäre es ihr eigenes Kind, in Händen hielt. Neben den beiden stand Sorshas Vater, der endlich aus seinem steinernen Gefängnis befreit worden war.
Trompeten schmetterten als Raziel, das lange schlohweiße Haar im Wind flatternd, auf Willow zuging und ihm mit würdevoller Geste ein dickes, mit einem goldenen Einband versehenes und reich verziertes Buch überreichte.
»Hier«, sagte sie, »nimm dieses Buch der Magie, du hast es dir redlich verdient. Nichts und niemand soll dich mehr daran hindern können, ein großer Zauberer zu werden.«
Alle klatschten begeistert Beifall.
Rool und Franjean stupsten ihn voller Anerkennung in die Seite.
»Leb wohl, Winzling«, sagte Madmartigan.
»Leb wohl«, sagte auch Sorsha.
Willow brachte für einen kurzen Moment keinen Ton heraus. Schließlich beugte er sich über den Kopf des Babys und hauchte ihm ein letztes Mal einen zärtlichen Kuß auf die Stirn.
»Lebt wohl«, sagte er feierlich.
Madmartigan packte ihn von hinten und setzte ihn schwungvoll auf das weiße Pony. Ein letzter, herzlicher Händedruck, dann ritt Willow durch ein Tal voller Blumen davon.

*

Das ganze Dorf war auf den Beinen, als sich die Nachricht von Willows baldiger Heimkehr herumgesprochen hatte. Eine Kapelle spielte einen Begrüßungsmarsch, als Willow auf dem Hauptplatz ankam. Außer sich vor Freude rannte Meegosh auf seinen alten Freund zu. Sie begrüßten sich herzlich, dann erkannte Willow Kiaya und seine beiden Kinder Ranon und Mims. Jetzt gab es für ihn kein Halten mehr. Mit weit geöffneten Armen rannte er auf die drei zu und fiel gleich darauf Kiaya um den Hals. Sie küßten und herzten sich, daß es eine wahre Pracht war, während Ranon und Mims sich freudig zwischen sie drängten.

Nacheinander nahm er seine Kinder auf den Arm und küßte sie mit Tränen der Erleichterung in den Augen überall ab, während die Dorfbewohner vor Begeisterung brüllten.

Nur Burglekutt, dem nichts Gutes schwante, stand etwas abseits, ohne daß ihn jemand weiter beachtet hätte.

Im Dorf aber feierte man den heimgekehrten Helden mit einem rauschenden Fest.

Es währte sieben Tage und sieben Nächte lang ...